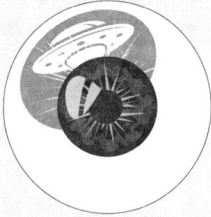

科幻文学群星榜

Sci-Fi

为了生命的诗与远方

顾适——著

山东教育出版社

图书在版编目（CIP）数据

为了生命的诗与远方 / 顾适著 . — 济南：山东教育出版社，2021.7（2021.8 重印）

（科幻文学群星榜）

ISBN 978-7-5701-0277-8

Ⅰ . ①为… Ⅱ . ①顾… Ⅲ . ①幻想小说－中国－当代

Ⅳ . ① I247.5

中国版本图书馆 CIP 数据核字（2021）第 118519 号

WEILE SHENGMING DE SHI YU YUANFANG

为了生命的诗与远方

顾 适 著

主管单位：山东出版传媒股份有限公司

出版发行：山东教育出版社

地址：济南市市中区二环南路 2066 号 4 区 1 号　邮编：250003

电话：（0531）82092600　　网址：www.sjs.com.cn

印　　刷：三河市冠宏印刷装订有限公司

版　　次：2021 年 7 月第 1 版

印　　次：2021 年 8 月第 2 次印刷

开　　本：880 mm × 1300 mm　1/32

印　　张：6

印　　数：10001-13000

字　　数：120 千

定　　价：25.80 元

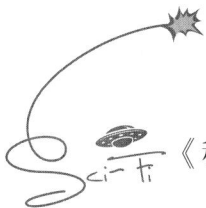

《科幻文学群星榜》编委会

总策划：**李继勇** 北京书香文雅图书文化有限公司总经理
主　编：中国科普作家协会科幻专业委员会
总统筹：**韩　松　静　芳**

编委会：

王晋康 / 中国作家协会会员，中国科普作家协会科幻创作研究基地主任，中国科幻银河奖终身成就奖及全球华语科幻星云奖终身成就奖获得者。

王　瑶 / 笔名夏笳，西安交通大学副教授，中文系系主任，科幻作家和科幻研究学者。

任冬梅 / 中国社会科学院副研究员，科幻研究学者。

江　波 / 科幻作家，全球华语科幻星云奖、中国科幻银河奖、京东文学奖获得者。

杨　枫 / 成都八光分文化CEO，冷湖科幻文学奖发起人之一。

李　俊 / 笔名宝树，科幻作家，全球华语科幻星云奖、中国科幻银河奖获得者。

肖　汉 / 科幻评论者，北京师范大学文学院讲师。

吴　岩 / 中国科普作协副理事长，南方科技大学教授、博士生导师，科学与人类想象力研究中心主任。

陈楸帆 / 世界华人科幻协会会长，传茂文化创始人。

陈　玲 / 中国科普作家协会秘书长。

张　凡 / 钓鱼城科幻中心创始人，科幻研究学者。

张　峰 / 笔名三丰，科学与幻想成长基金首席研究员，科幻研究学者。

罗洪斌 / 中国科普作家协会会员，科幻活动家。

姜振宇 / 四川大学文学与新闻学院中国科幻研究院院务秘书长。

姚海军 / 科幻世界杂志社副总编，全球华语科幻星云奖联合创始人。

贾立元 / 笔名飞氘，科幻作家，清华大学文学博士，清华大学中文系副教授。

姬少亭 / 未来事务管理局局长。

韩　松 / 中国作家协会会员，中国科普作家协会科幻专业委员会主任委员。

戴锦华 / 北京大学中文系比较文学研究所教授，博士生导师，北京大学电影与文化研究中心主任。

李继勇 / 北京书香文雅图书文化有限公司总经理。

静　芳 / 北京书香文雅图书文化有限公司总编辑。

总序

想象新时代

　　《科幻文学群星榜》是由中国科普作家协会科幻专业委员会联合其他科幻组织，共同推出的一套科幻书系。这是一个规模庞大的工程，目前来看也是独一无二的工程，基本囊括了中华人民共和国成立以来老中青几代具有代表性的科幻作家的佳作。这些作家以年龄看，最早的是20世纪20年代出生的，最晚的是"90后"。

　　这套书系的出版，恰逢中华民族实现第一个百年目标——全面建成小康社会。因此，它呈现了百年未有之变局中，中国人对一个崭新时代的想象。随后陆续推出的作品，还将伴随中国迈进基本实现现代化的伟大进程。

　　科幻文学作为一种年轻的文学品类，本身就是现代化的产物。1818年，世界上第一部科幻小说《弗兰肯斯坦》诞生在第一个实现产业革命的国家——英国。此后科幻文学在法国、美国、日本等工业化国家繁荣起来，进入蓬勃发展的黄金时代。科幻作品反映着科技时代人类社会的变迁和走向，反思当代人类面临的多重困境，力图打破所谓世界末日的预言，最终描绘出一个五彩斑斓、生机勃勃的新未来。

　　如今，地球上正在发生的最具"科幻色彩"的事件之一，便是中国的崛起。这个进程不仅改变了这个文明古国的命运，也影响着全人类的走向。中国奇迹般地成了拉动世界经济增长的有力引擎。人类历史上首次十亿以上人口的国家将要集体迈入现代化的门槛。中国科幻文学正是中华民族伟大复兴进程的见证者、参与者与推动者。

早在20世纪初，中国的一些有识之士便把科幻作品译介进来，掀起了第一次科幻热潮。它承载起"导中国人群以行进""改变中国人的梦"的使命。20世纪50-60年代，随着中国自己的工业和科技体系的建立，科幻作家们以满腔热情擘画了一个欣欣向荣的新世界。1978年改革开放后，中国再次向现代化进军，科幻迎来新的勃兴。作家们满怀豪情地书写科学技术为实现现代化、为谋求人民的幸福生活所创造出的神奇美景。进入21世纪，尤其是随着新时代的来临，这个文学门类也进入成长的新阶段。随着《三体》等作品的问世，中国科幻迎来了新一轮热潮。作家们描绘着古老的中华民族在实现全面小康和建成现代化强国的过程中所面临的新机遇、新挑战，谱写着中国走向世界、步入太阳系舞台中央并参与宇宙演化的新篇章。

科幻文学的发展折射着中国国运的巨大变迁。当今，海内外不同领域的人们对中国的科幻文学的空前关注，实际上是关注中国的未来，关注世界第二大经济体将如何持续演进，关注14亿人的创造力将怎样影响乃至重塑这个星球。从现实意义上来说，这套书系不但包含这些丰厚的信息，而且集中梳理了新中国科幻文学取得的辉煌成就，整理出新中国科幻文学发展的宽阔脉络；从一个特殊的侧面，还反映了中华民族从站起来、富起来到强起来的进程，见证中国走向更加灿烂辉煌的未来。

这套书系具有以下三个特点：

一是权威性。它由中国科普作家协会科幻专业委员会主持编选，并与国内多个科幻组织合作，其中包括得到了中国科普作家协会科学文艺专业委员会、科幻世界杂志社、南方科技大学科学与人类想象力研究中心、未来事务管理局、八光分文化、重庆钓鱼城科幻中心等的鼎力相助。编者从中华人民共和国成立以来的海量科幻文学作品中，精选出足以体现时代特征的作品。收入书系的作者，涵盖了雨果奖、银河奖、星云奖、晨星奖、光年奖、未来科幻大师奖、引力奖、水滴奖、冷湖奖、原石奖、坐标奖、星空奖等中外各类科幻大奖的获得者。

二是系统性。它收集了中华人民共和国成立以来不同时期作家的代表作。作者中有新中国科幻奠基者和老一代作家如郑文光、童恩正、萧建亨、刘兴诗、潘家铮、金涛、程嘉梓、张静等，也有改革开放后崛起的新生代作家刘慈欣、王晋康、何夕、韩松、星河、杨鹏、杨平、刘维佳、赵海虹、凌晨、潘海天、万象峰年等，以及以"80后"为主体的更新代作家陈楸帆、飞氘、江波、迟卉、宝树、张冉、程婧波、罗隆翔、七月、长铗、梁清散、拉拉、陈茜等，还有在21世纪崛起的全新代作家杨晚晴、刘洋、双翅目、石黑曜、王诺诺、孙望路、滕野、阿缺、顾适等，从而构成比较完整而连续的新中国科幻光谱，是对中国科幻文学发展历史的一次系统检阅。

三是丰富性。它比较全面地展现了广域时空中新中国的科幻生态和创作风格。这里面既有科普型的，也有偏重文学意象的；既以自然科学为主体的核心科幻，也有侧重社会现象的"软"科幻；既有代表科幻未来主义的，也有反映科幻现实主义的；既有传统风格的写法，也有实验性质的探索。作品的主题涵盖了中国科技、社会、文化和民生的热点。从中可以看到，一个曾经积弱的民族，如今正活跃在地球内外、大洋上下、宇宙太空、虚拟世界、纳米单元、时间航线、大脑意识等各个空间。这里有中国政府和人民引领抗击全球灾难的描述，有脱贫的中国农民以新姿态迈出太阳系的故事，也有星际飞船和机器人在银河系中奏唱国际歌的传奇。

这套书系力求构建起一个灿烂的星空，并以此映射人们敏感而多样的心灵。爱因斯坦说，想象力比知识更重要。科幻是相伴人类发展进步而产生的新兴事物，是一个民族想象力的集中反映，是科技创新的艺术表达，在人们面前呈现出一幅幅奔向明天、憧憬和创建未来的美好画卷。许许多多杰出的科学家、工程师和企业家，在年轻时就受到科幻文学的熏陶和影响，因此走上了创造神奇新世界的道路。中国正在稳步建设创新型国家，需要更多富有创造力的人才脱颖而出。科幻文学也肩负着实现中国梦的责任，在点燃青少年科学梦想、激发民族想象力和创造力方面，起着不可或缺的作用。

这套书系将为广大读者尤其是年轻人打开中国科幻和未来世界的门户，有助于人们拓宽视野、开阔思想、激发灵感、探索未知、明达见识。它也将进一步促进中外科幻、科技、文化和文明的交流，为人类的共同发展做出中国的一份独特贡献。

中国科普作家协会科幻专业委员会

2020年10月1日

与中国青年规划师联盟的对话

【青盟】：你是什么时候开始写作的？又为什么会选择写科幻？

【顾适】：我最开始写作应该是初中二年级的时候，在语文作业的周记本上写小说。现在回想来，那居然真的是一篇科幻！我记得是地理课上，老师教了地球内部的结构，我就开始想象或许有一个地底的断层，里面也有人类文明。在他们的世界里，天空是岩浆火焰，脚底下是另一片大地。我在周记本里写了一篇乱七八糟的东西（还是连载），但我当时的语文老师是一个刚毕业的大学生，他居然没有阻拦我，反而鼓励我写这些对中考毫无用处的玩意儿。后来高中的语文老师也都比较宽容，由此一发不可收，到大学开始在网上写长篇，工作之后因为时间有限，转而写中短篇。至于为什么会选择科幻，这可能更像是一种本能吧，科幻创作可以打破现实的边界，想写什么都可以，而我想到的故事往往是远离现实的。

【青盟】：你是怎么得到写小说的点子的？

【顾适】：我平时会有一个点子库，很多故事最开始都只是一句话，比如《嵌合体》最初是2013年底，我听朋友说起有这样一种生物学的新技术嵌合体，能够用不同生物的细胞，拼合成一个新的生物，当时我就觉得非常有趣。而《赌脑》则是2016年底，我读到一个新闻，有人在临死前，冰冻了自己的头颅，然后我就在点子库里记下了这句话："谁会融化这些头颅呢？"几个月后我想到一个西式的拍卖会，人们拍卖这些头颅里的记忆，但它还是让我不满意，最终版本我选择了一个民国风的老茶馆，几个人像赌石一样，赌哪个头里有更值钱的记忆。

【青盟】：你是怎么平衡城市规划工作和写作的？一般都是在什么时候写作？

【顾适】：我这几年的创作量非常低，2014年以后平均一年1-2个中短篇，在科幻作者里可能是非常惨淡的成绩，这与平时工作忙碌可能也有一点关系。一个短篇几千字，基本上1-2个周末就可以完成，中篇我一般还是会用到长假，比如春节，因为它需要一个比较完整的时间来沉浸到故事里去。

【青盟】：科幻给城市规划带来的意义是什么？我们在忙忙碌碌的生活工作之中，为什么需要读科幻？

【顾适】："忙忙碌碌"这个形容非常精准。也就是在这种忙碌的工作中，我感受到科幻的特殊意义。因为日常的忙碌往往是低着头的，我的视线只能看到前方一点点，可能是这一周的工作计划，可能是下一个节点之前必须完成什么。有一次在最忙的日子里，忽然接到一个很重要的命题写作邀请，当时我真的是字面意义上的"熬夜"来完成的这个作品，幸好是个非常短的短篇（《为了生命的诗与远方》），不需要耗费太大的精力。它逼着我在忙碌之中，还能抬起头，去看向远方，去了解我不知道的海洋科技和环保命题。这种感觉是非常奇妙的，或许这就是科幻能够为每个人带来的意义——不仅仅盯着面前的一亩三分地，而是保持好奇、宽容和超越的心情，去吸收各种信息，融入对当下问题的判断之中。

【青盟】：怎么来说明长中短篇小说在创作上的差异呢？

【顾适】：虽然大家更了解的是我的中短篇，但我最初在网络上确实是写长篇的，所以对这个问题感触也比较深。在三种不同的篇幅里，长篇是靠角色之间的"冲突"才能支撑住的，所以必须要有人物群像。中篇与短篇虽然长度上有一些差异，但还是比较相似，科幻的中短篇的重点，就是撬动"故事"的一个前提是有科幻点子，所以它不一定是完全关于"人"的。其中，中篇因为体量更大，所以可以承载更多的内容——比如在《赌脑》里，我就用了交响乐的节奏和四幕话剧的结构，来探索中篇故事可以拥有的复杂性与结构性；而在《嵌合体》里，则更多是去探索对角色的多层次表达。相比之下，短篇因为篇幅更小，所以很难展现"人"，但短篇可以更"实验"，给作者很大的空间，去探索文学的各种可能，比如《无人接听》里的"电话"，《2069：匠人营城》里每个角色的"自白"，以及《南极电台》里有些像广播剧的写作方式，它们都会是我再次踏上长篇和中篇创作的写作基石。

【青盟】：我读了你的作品，特点非常鲜明。是不是每一个科幻作者都是与你类似的创作方式，努力去追求作品的完成度？

【顾适】：作者和规划师一样，彼此之间差异也是非常大的。哪怕我们都拿到主题相同的命题作文（比如《无人接听》对"科幻春晚"主题的回应和《2069：匠人营城》对"深港城市/建筑双年展"的回应），每个人拿出来的作品肯定也不一样。所以我无法评价其他人的创作方式。

我超级喜欢"完成度"这个词。我也是在写了一段时间之后，才忽然意识到，最终读者能记住你的不是你发表了多少篇小说，而是能够定义你的"作品"。而这样的作品，其实是需要"等"和"养"的。有点像酿酒，作者是酒庄，作者的生活和想到的点子是葡萄。虽然酒庄的葡萄田是一样的，可每年气候不同，产的葡萄还是不一样，有好的年份，也有艰难的年份。如果我恰好收获了好葡萄，那么就会尽全力去让它变成好酒，我也相信这样的作品是值得留存、值得更多读者去品尝回味的。不过另一些时候，葡萄就是普通葡萄，所以我的点子库里，也存着很多完全没有后续的想法。

【青盟】：我是一个科幻迷，我一直感觉科幻和其他类型的文学不一样，从玛丽·雪莱开始，它的诞生就是有哲学高度的，是关于宇宙、时间和生命的。你是怎么看待这种区别的？

【顾适】：我个人并不会感觉到科幻高于其他类型的文学，区分文学高下的不应该是类型，而是作品。然而，科幻的确是唯一一种从新手入门开始，就要求作者对宇宙、时间和生命具有想象力的一种文学，所以可能写其他类型文学作品的作家，想要跨进来往往会比较难。

我觉得科幻与其他文学比较不同的地方，在于这是一个非常国际化的文学类型，因为科学是这个时代共通的语言，而未来是所有人类要一同去面对的。所以中国的科幻作者有很多机会去和欧美日韩的作者交流，去学习他们的技术和写法，同时自己的作品也有更多机会翻译成英文和其他语言。这个过程，其实挺像城市规划里的国际方案征集，我们如果一直自己跟自己玩，肯定在表达上会与国外有差距，所以要不断去学习他人的表达方式，因为总有更好的多媒体，有更吸引人的色调和故事。但是，方案——或者说故事的内核，其实还是我们自己的。很多国内的作者（包括以前的我）都在努力去变得更"国际化"，但是最终当我们的作品有机会被翻译、走出国门时，才发现被问及或是被关注更多的，其实是这篇作品如何体现"中国"。这也是一个非常有趣的地方。

【青盟】：在后疫情时代，你认为科幻创作会有什么变化？

【顾适】：在2020年谈论科幻创作是有些艰难的。虽然科幻写作更多是"幻"而非"科"，但还是要把双脚踩在现实的土地上，才能看清"未来"的模样。而疫情打乱了整个世界的发展逻辑，我们曾经笃定的未来，随时会发生剧变。而现在我们试图去写未来的灾难时，也无法再用一种旁观者的视角来创作了。所以在《南极电台》这个小故事里，我描写了一个末日场景，但它的核心却是关于爱——在这分裂的世界之中，对爱的坚持，可能会是我们创造未来的唯一路途。

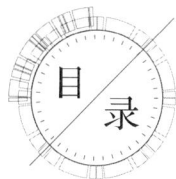

目 录

Catalogue

嵌合体 / 001

南极电台 / 063

无人接听 / 071

为了生命的诗与远方 / 083

2069：匠人营城 / 097

得玉 / 107

赌脑 / 113

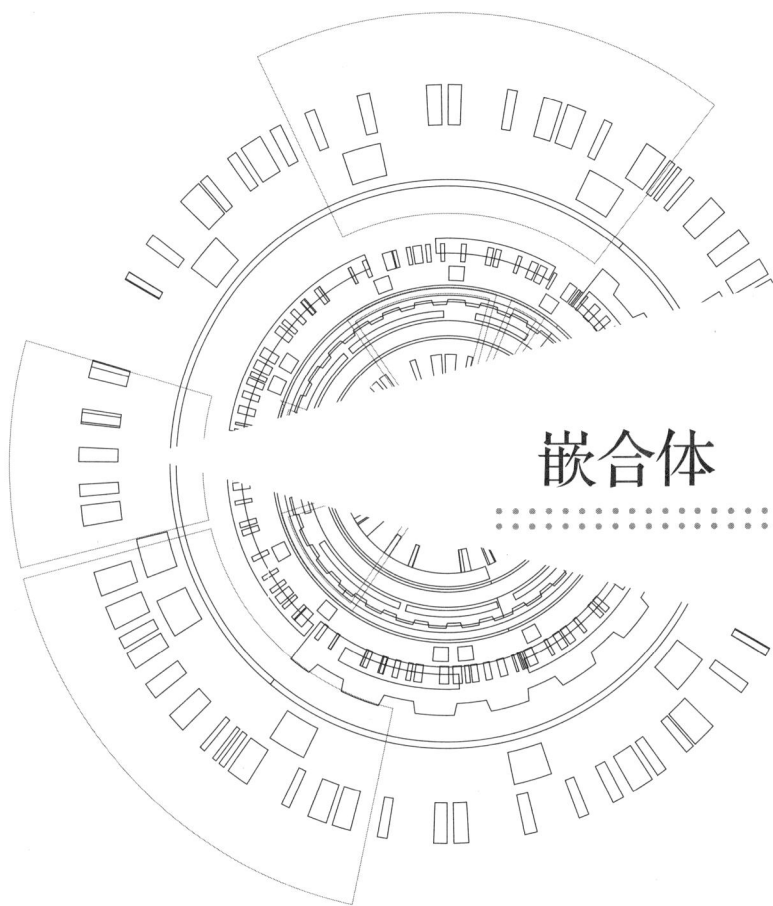

嵌合体

生物学中人们把它当作一个常用术语，一般译成"嵌合体"，指的是来自不同个体的生物分子、细胞或组织被结合在了一起成为一个生物体。

——百度百科

1　奇美拉（Chimera）

它有山羊的身体，狮子的头颅，蛇的尾巴，乃是妖王提丰与蛇妖艾奇德娜所生。

——古希腊《书库》第二书，第三章

我看着她走进来。

六年来我一直想知道，在这女妖柔软光洁的皮肤之下，究竟包裹着一台多么冷酷精确的机器。

她也看到了我，眼中浮起温柔的笑意，没有一丝尴尬与愧疚。

"伊文，"她加快了脚步，走到我面前，"亲爱的，好久不见。"

当她靠近我时，衣袖间涌出轻柔的暖香，味道与当年一模一样。我突然想起我们结婚后不久，她渐渐对我吐露心声时曾说过的话。

她说："我最近一直在想，如果我能够把自己的每一个表情都拍下来的话，那么就可以写出一篇博士论文了。《表情管理与社交应对》这个题目怎么样？只拿微笑来说，我脑海中就有上千种微笑，每一种都要调动不同的肌肉群，每一种都可以应对多种环境，而它们的组合更是变化无穷！这里面唯一的难点就是要精确管理表情，这需要巨量的计算，简直是太神奇了。伊文，不要这样看着我——够了。你看，你们音乐家总是会误解我们这些喜爱科学的人，我不是机器，图灵计算机根本不可能在这么短的时间内计算出应该在什么环境里使用哪种微笑……我是人，伟大的人，这是生物学的议题。"

她严肃地用手指着自己的头，然后扑哧笑了，甜美、天真，仿佛是忍俊不禁的模样："瞧你，亲爱的，我在跟你开玩笑呢。"

此刻她站在我面前，身着质地上佳的羊绒大衣，脖颈间是内敛柔和的丝巾，它们包裹着她定期锻炼的纤瘦身体。她研究世间一切，并且无所不精：社交、服饰、健身、性爱。她研究我，研究我的喜好，研究我的表情与动作，就好像我是她所见过的最与众不同的人。然而事实上，我跟她实验室中的老鼠没有任何区别。她满足我的一切愿望，再夺去它们。

她看着我，唇角的愉悦恰到好处，无懈可击。但我却无法在面对自己的前妻时，依然像热恋期一般充满喜悦。

我疲惫不堪地说："我只是想跟你谈谈托尼。"

没有任何一个八卦小报的记者会相信真实的故事：一个母亲在生产的当天就抛弃了襁褓中的婴孩和无辜的丈夫，消失在世界的彼端，整整六年。

　　"我知道，"我终于从她的眼中读到了转瞬即逝的瑟缩，但她的声音依旧平稳，"我正是来同你谈他的。"

　　托尼今年六岁。

　　如果不是三个月之前的那场意外，我永远都不会再联系托尼的母亲。那天我带着他去公园，一辆暗红色的本田汽车毫无先兆地冲上人行道，然后把托尼卷到了车轮底下。在五天的抢救之后，他睁开了眼睛，但是肾脏却遭受了不可逆转的严重损伤。在确定他的体质不适宜接受外源的肾脏移植之后，我终于意识到，我的儿子将一辈子依靠每周三次的透析生存。在绝望之中，我查阅了所有的相关资料，却意外地发现"再生医学（Regenerative Medicine）"这个命题。"再生医学"的目标是用病人自己的干细胞来生成器官，然后将其移植到病人体内。在这个领域最前沿的科学家之中，我的前妻是一位闪亮的新星，她目前负责一个专攻"嵌合体"的实验室，并且成功地让一只天然缺失胰脏的小鼠身体里长了大鼠的胰脏，创造了一个自然界里从未存在过的嵌合体。在杂志的评论文章中，人们认为这个实验的成功意味着再生医学进入了新的阶段，因为在这个实验的基础上，"人-猪嵌合体"在理论上也有存活的可能。而如今，我正是希望她能够让一只猪的身体里长出托尼的肾脏来，等它成年之后，就可以把肾脏移植到托尼身上。

　　眼前的她用小勺缓缓搅动着大吉岭红茶，低声说道："我当然爱他，你不知道我听到这个消息有多么伤心……只是你邮件里提到的事情，我真的做不到。"

　　"我读了你的论文，以及《细胞》杂志上的评论文章，在这个世界上，只有你和你的实验室才有可能准确复制出一个托尼的肾脏。"我看着她难以置信的表情，忍不住补充道，"请你不要以为我没有查阅资料和阅读科学论文的能力。"

"哦，我知道，亲爱的，你那么聪明，只要你想做，当然能做到。"她迅速收回了自己的讶异，轻轻叹了一口气，"只是如果你已经读了我的论文，就会知道这件事情只是理论上可行，'大鼠－小鼠嵌合体'和'人－猪嵌合体'显然是两回事，这就像……"她仰起脸，眨了眨眼睛，又无奈地看向我，"像你可以唱歌，也能够弹吉他，但却不能弹奏管风琴一样。"

"给我一点时间我就能够做到。"我说，"它们的原理是相通的。"

她伸出手撑住额头："上帝，这可真是一个糟糕的比喻。我该怎么跟你解释……我想你已经知道，我创造的那个嵌合体是如何诞生的。"

我打开iPad，那篇论文里已经有很多段落被我标记成亮黄色，于是我很快找到了自己需要的内容——"我们把大鼠的诱导多能干细胞注射到缺少Pdx1基因的小鼠囊胚中，这种Pdx1基因缺失的小鼠是不能发育出正常胰腺的，而来源于大鼠的iPS细胞完全挽救了基因缺陷的受体小鼠囊胚。这些大鼠－小鼠嵌合体能够正常发育成长至成年，具有一个能正常行使功能的胰腺。"[①]

她纤细的手指伸了过来："哦，对的，就是这里，我想你一定知道大鼠和小鼠是两种完全不同的生物对吧？在生物分类上前者是家鼠属的，而

[①] 2010年，Kobayashi et al.在*Cell*（生物领域最权威、影响最大的期刊）上发表了一项研究，获得了可存活的大鼠和小鼠的嵌合体。同期*Cell*对此有一篇评述，题目是：*Viable rat-mouse chimeras：where do we go from here*？（《可存活的大鼠－小鼠嵌合：我们将往何处去？》）这段文字改写自这篇评述文章。值得一提的是，同一个研究小组2012年在*PNAS*（也是一个很权威的专业期刊）上发表了另一项研究，他们已经用不同种的猪完成了同样的实验，阻止他们做人－猪嵌合体的原因是伦理学上的考量。

后者是鼹鼠……"

　　我打断她："当然！"

　　"抱歉。"她耸了耸肩，又指着屏幕上的那一行字，"你看这里，亲爱的，如果我们要用相似的实验方法来做一个人-猪的嵌合体，那么，首先我们需要找到一个缺失肾脏基因的猪囊胚，但是我们从哪里去找这个囊胚呢？又该如何去定位让肾脏发育的基因呢？这都是目前需要从头开始做的事情，并且没有人知道是否能够成功。"①

　　"我只是请求你去试试看……"我只看到她的嘴唇在一开一合，却完全听不懂她的话，"不论成功还是失败。"

　　"请不要用'请求'这个词汇，那也是我的儿子，我愿意为他做任何事情。"她哀求地看着我，眉尾下撇，充满无奈与伤感，"'试试看'——你看这就是第二个问题，就算我们能够找到，并且准确地敲除掉这个猪囊胚上的所有导致肾脏发育的基因，然后呢？我可以把托尼的细胞注射进去吗？不能。使用人类的胚胎干细胞做实验是违法的，是违反科学伦理的。"

　　"你会在乎这个？"我惊诧地看着她，"你会在乎科学伦理？"

　　她把一只手指抵在自己的嘴唇上："你太大声了，亲爱的。"

　　我太清楚这个人了，她如果不想回应我的要求，根本就不会来见我，而现在她就坐在我的面前，飞快地眨了一下左眼，就像我们之间有一个不可言说的小秘密。

　　"告诉我，你怎么才肯尝试。"我实在忍受不了这样的对话。

---

① 2013年被评为年度十大科学发现的CRISPR/Cas9技术，简而言之，就是如果知道哪些基因缺失会导致哪个器官不发育，就可以做出那些基因敲除的动物。如果将这样敲除基因的猪囊胚和人的诱导多能干细胞融合，理论上就可以获得长着人类这一器官的猪。

她终于避开我的目光，转过头看向窗外。久久的沉默。我看着她的侧脸，那张精心保养的面孔和当年一样美丽，在午后的阳光下仿佛在发光，就像是教堂里圣母玛利亚的雕像，一个会呼吸的冷酷雕像。最后她笑了，转过头，对我说道：

"一个母亲为了拯救自己的儿子打破科学的禁忌，这件故事本身就足以让我去做任何事情，更何况我竟然有幸成为那位伟大的母亲。"

是的，这才是她。她的行为永远富有哲理和诗意，但她做出这些行为却建立在她意识到这件事会带给她哲学与诗意的基础之上。在她的世界里，她自己是隔绝于世界之外的，就像是一个俯瞰大地的神。她会做这件事情绝不是因为托尼是她的儿子，而是因为这件事会让她成为一个美好的传说。

这个自私可憎的妖怪。

她继续说道："我必须告诉你，我没有成功的把握。对人类实施实验，没有任何可以参照的基础资料，说不准我会做出一个真正的怪物来——可这才是令人兴奋的地方，不是吗？我会去做，但我还是建议你去医院研究一下常规的肾脏移植……"

"到目前为止，他所有的淋巴细胞毒交叉配合试验结果都是阳性。"

她茫然地看着我："所以呢？"

"移植他人的肾脏很可能会导致超急排异反应。"我说，"有可能他只能进行自体移植。"

"天哪。"她皱起眉。

"目前我们只能靠透析来维持他的生命，你无法想象那有多痛苦。"我想起托尼的哭号，忍不住暗暗战栗了一下。

她眼里的光芒终于坚定起来："我知道了，亲爱的，我会全力以赴。"

　　"谢谢你。"我说。

　　"只是还有一件事情，我需要提醒你。"她起身走到我的椅子旁边，最后干脆坐在扶手上，捧起iPad找寻着另一段论文，"看这里。"

　　她的发丝垂到我的脸上，我让自己盯着那些复杂的名词，但它们超越了我的认知范围。我摇摇头："我不明白。"

　　"这是另一篇评论，它指出这种嵌合体虽然在结果上是可行的，但可行的原理我们是不知道的，所以在这个实验之中，嵌合的程度是不可控的，虽然目标只是要长出胰脏来，但是别的地方也会有源于大鼠的细胞。"

　　"所以呢？"

　　"这就是我们不敢贸然用人类细胞进行研究的原因之一。"她说，"如果做'人-猪嵌合体'实验，我无法控制那只猪里有多少人类细胞。"

　　"我还是不明白你要说什么。"

　　"想想看，伊文。"她把手按在我肩膀上，垂下头看着我，"这头猪可能会是第二个托尼，它的身体里藏着我们的儿子。等它长大了，我们会一起夺走它的肾脏，然后杀了它。"

A　亚当

　　林可躺在医院的手术室外。

已经迟了一个小时了，麻醉师还没有来。她赤裸的身体和走廊上往来的男女只隔着一层薄薄的白布，这让她感到十分不安。

"为什么还不开始手术？"她询问护士。

对方的语调略显慌乱："我们刚刚收到消息，您的器官培育订单因为某种不可抗因素被取消了，我们感到非常抱歉。"

这简直毫无道理！她是飞船上最循规蹈矩的乘客了，一百多年来她一直按时缴纳器官培育保险，从而保证自己身上的每一个器官都能维持在年轻健康时的状态。愤怒让她的心脏猛跳，而这正是她本次手术想要更换的部位之一。

她用最快的速度穿上衣服，第一时间报警投诉，然后直接搭乘轨道交通到达七号甲板——按理说，她的新内脏就在那儿的"亚当"里面。

"作为你们的顾客，"她向管理人员提出了抗议，"我需要你们解释取消订单的原因，我可不想顶着这颗残破的心脏再等三年！"

"可您的订单好好的。"对方惊诧地回答道。他打开监控，里面正是器官培育舱内部的情景：一颗颗被薄膜包裹的人类内脏生长在从天花板垂下来的管状物尽头，仿佛一串串等待收割的葡萄。而属于林可的那一颗心脏已经消失不见，并被标上"已收割"的记号。

林可一怔，她再次查看了医院的信息平台，然后把那条主题为"订单取消"的信息转发给了面前的男人。但她没有想到的是，他竟拒绝相信信息的真实性："我们的监控平台不可能出错，女士。"

这句话彻底激怒了林可，她站起身来："如果你们无法搞清楚到底发生了什么，那么我只能自己去看看。"

"当然，根据器官培育合约，这是您应有的权利。"管理员语调没有丝毫退缩，"但请注意您只能查看，不能踏入舱门之内。"

十分钟之后，林可在机器警察的陪伴下打开了35号器官培育舱的舱门。恐怖的血腥气息瞬间便击溃了她的神经，在看清眼前的景象后，她的整个世界只剩下胸口凶狠的痉挛和紧缩的钝痛。随后，她就两眼一黑，晕了过去。

骆明是第一个到达现场的人类警官。

一片狼藉。

这是他脑海中闪过的第一个词语。在踏入35号舱之后，他很难想象眼前的如小山般堆积的血肉曾经的模样。

"到底发生了什么？"他有些后悔没有戴过滤口罩来，压低了声音询问自己的"助手"艾德蒙，这个无法用肉眼看到的人工智能是他最可靠的秘密伙伴。

"报案的林可女士由于受到巨大的惊吓，心脏病发，目前正在医院抢救。"艾德蒙的声音从耳内扬声器传来，"她报案的理由是器官培育机构擅自违反合约，取消了她的订单。"

骆明咋舌道："我眼前的这些恐怕不只是撕毁合约啊！"

洁白光滑的地面上，黏稠的血液还在从直径近三米的内脏堆向外蔓延，有些地方的边缘已经干涸，变成乌黑的一片。在大约一米高的肉堆上，最外层的一些内脏看起来还很新鲜，甚至有几颗还在痉挛蠕动着——如此看来，空气中隐约的腐臭气息，只能源于压在内里的器官了。

只是在脑海里想象了一下那里的画面，骆明就感到头皮发麻："我们最好确定一下，这里面只有正在培育的人体器官……千万不要还藏着一桩凶杀案。"骆明一面嘀咕着，一面命令艾德蒙对其进行扫描，后者则立刻通过微型无线网络控制了机器警察，并侵入其视觉系统来完成骆明交给他的任务。

"每次看到你这么轻而易举地就能控制它们，我都会有种不安的感觉。"骆明嘟囔道。他当然也能直接对机器警察下命令，但之后就要浪费大量的时间在整理和分析原始资料上。

"请不要再跟我叨唠你对人工智能的心理阴影了，"艾德蒙回应道，"我好像发现了让你更加不安的东西。"

原来骆明不幸言中，扫描显示内脏堆中还掩埋着两条手臂和半颗头颅，显然这三样东西都是不可能在"亚当"里自行生长出来的。

"好吧，看来我们又新增了一桩碎尸案。"骆明叹息道，"这下《伊甸日报》得有好一阵子不用担忧头条新闻了。"

骆明让艾德蒙对舱内的情况进行全面扫描和记录，然后接通了飞船大副秦威的视频电话，对方是"伊甸号"内部安全的最高管理者。

"这大概是我在船上103年间碰到的最糟糕的事情了。"骆明在对他说话的同时，视线无意中对上了一双从天花板上垂下来的人类眼球，语调竟颤抖了一下，"您——最好亲自过来看一看。"

2　艾奇德娜（Echidna）

凶残的神女艾奇德娜。她既不像会死的人类，也不似不死的神灵，她半是自然神女——目光炯炯、脸蛋漂亮，半是蟒蛇——庞大可怕，皮肤上斑斑点点。

——赫西俄德《神谱》

"请问您是……"在观察了我20分钟之后，身边的女士终于小心翼翼地问道，"……提丰乐队的主唱伊文·李吗？"

"不。"那好像是上个世纪的事情了。

她飞快地说了一句"抱歉"，又补充道："您和他长得真像。"

我用尽可能冷淡的语气回答道："是吗？"

于是这个话题就此终结。很快空乘送来了饮料，我要了一大杯葡萄酒，然后是第二杯。狭小的经济舱座位让人从肉体上就深感局促，另外一些可怕的名词则在精神上为我戴上更为沉重的枷锁，例如"父亲"和"责任"。当我还是那一个"伊文·李"的时候，享受和挥霍的日子似乎是无穷无尽的，直到她离开我，带走我一半的财产和所有的音乐灵感。

在分开之后的很长一段时间里，我都在想她，分析她，研究她。我重新翻看八卦小报，捡起当年的狗仔趣闻，一遍遍地回放婚礼录像中她的一颦一笑，以及婚后每一次她为了配合我的宣传而出席公众场合的照片和录影。在最为黑暗的阴霾时光中，这些就是我曾经的辉煌带来的最大好处——足够的资料。就这样我终于一点点靠近她完美外壳之下的那个魔鬼，靠近掩藏在那张美丽容颜之下的蛇妖半身。然而，有一段时间发生的事情，我始终不能够明白。

那就是她怀孕的时候。

怀孕只会是她计划中的事情。在我们婚姻的头三年，尽管很多次我告诉她希望能够拥有一个孩子，但她总会用"不要着急"外加一场特别的性爱来搪塞我——而当她决定要怀孕的时候，她是根本不会跟我商量的。

"伊文，你猜猜发生了什么？"那是巡演结束之后的头一个夜晚，我推开家门，就感觉到了特殊的节日气氛。

"我的小甜心为我准备了什么惊喜吗？"我勾住她柔软的脖颈，亲吻她的嘴唇。

"一个孩子。"她笑着，眼睛弯起来，"亲爱的，我们有了一个孩子！"

我一时竟惊呆了，在三年多的请求以后我几乎已经放弃了这件事。

"它已经三个月大了……"她把我的手放在她平坦的腹部上，"就在这里。"

我的手掌什么也没有感觉到，但是在那一刻，"父亲"这个词汇突然砸中了我的心，让我身上的每一个细胞都充满了狂喜。两个月之后"提丰"的最后一张专辑《雷火》诞生，乐评人认为它"每一个音符都饱含爱和喜悦"。然而就在主打曲拿下金曲榜冠军的那一天，我的妻子却发生了让我意想不到的变化。

事实上，那天是她实验室的同伴打电话给我，说她精神崩溃了。

这简直不可思议！我的妻子——在她身上，连"情绪不佳"这样轻微的负面词汇都很难出现——精神崩溃？

这是从没有发生过的事情。我赶忙冲到学校去，她的实验室在林荫大道的尽头，成排的梧桐已经落尽了叶子，只剩下长长短短的枝条挂着圆圆的果实。走进那栋砖红色的小楼之后，她的一个学生立刻认出了我。

"李先生，您终于来了！"他的神情里混杂着激动、紧张和好奇，但谨慎地压抑在礼貌之下，"我是艾德蒙，博士在三层的动物室，我想您最好去那里看看她。"

"你好，艾德蒙，谢谢你。"我飞快地说道。

尽管学校是我们最初相遇的地方，但这却是我头一次踏进她的实验室。光洁的地面与医院相似，其上是一排排金属搁架，内里整整齐齐摆着与通风系统相连的塑料笼子，这屋子里恐怕有成千上万只老鼠！我在装满老鼠的搁架背面发现了她，她正抱着头坐在角落里，头发凌乱，肩膀耸动着，但无法听到哭泣的声响。

"宝贝——"我被她的模样吓坏了，"亲爱的，你怎么了？"

然而就在我的手指碰触到她的那一秒，她发出了一声高亢的尖叫。我后退了一步："我不会伤害你，告诉我，甜心，发生了什么事情？"

她极缓慢地抬起头，眼里的惊慌失措是我从没有在她身上见过的。她咧开的嘴角抖动着，过了好久，才轻轻地吐出我的名字："伊文……"

"是我，没错，亲爱的。"我自责极了，"我应该拦住你，不让你来实验室工作的。孩子已经快六个月大……"

"不！"她尖叫起来，"不！不要提它！不——"

"好的，亲爱的……我们不提孩子……"我伸出手，试图靠近她，她全身发抖，挣扎着想要逃开。这反应让我感到深深的挫败，我只好拿出自己的看家本领来："宝贝，我们一起唱《泰坦》好不好？"

她停止挣扎，茫然地看着我，像个无助的孩子。

"荒野里的歌者，述说众神的故事……"

那是柔和的副歌，也是她最喜欢的旋律，我用最轻最轻的调子唱下去，几乎听不到歌词。音乐果然比语言更有效。她听我唱到一半，突然吸了吸鼻子，一下子扑进我的怀里大哭起来。我抚摸着她乱蓬蓬的头发，试图温暖她恐惧的战栗。

"没事的，没事的，有我在。"我对她说。

她趴在我的怀里，极其艰难地，吐出一些不连贯的词汇："那是一个……寄生的……寄生的……怪物……"

"什么？"

"我不想要那个孩子……伊文，我不要那个孩子寄生在我身体里！"

我吓了一大跳："宝贝，我不明白，发生了什么事情吗？"

在把鼻涕蹭在我的衬衫上之后，她终于能够说出完整的话来："这个孩子在夺走我的一切。它寄生在我的身体里，控制我的思维，命令我吃它需要的东西，命令我去它想要去的地方，命令我做它想要做的事情……这是个寄生在我身体里的怪物，一个怪物，它在吞食我，你明白吗？我无法控制自己了！我无法控制自己不去想它！我无法集中精力去做我想要做的事情，我看不懂我的实验记录，也不关心我的论文，脑子里只是想着该怎么做才能让它更舒服一点！我被它寄生了，它已经钻到我脑子里了，你明白吗？"

我哑然失笑："我的傻姑娘，这是怀孕的妈妈最正常的反应了，这是因为你爱它啊——那是我们的孩子啊。"

"不！"她惊恐地盯着我，"这一点都不正常！这完全不正常！你根本就不明白，因为它没有寄生在你身上！"

我忍住笑，用自己能够使用的最诚恳的语调说道："如果可以的话，我真的很希望能够替你怀孕，宝贝，但是我做不到。坚强一点，你现在是个母亲了。"

于是她停止哭泣。有那么两三秒钟，她用一种全然陌生的眼神看着我，就像我才是一个疯子。但很快她就变回了自己，平时的自己。她用袖子擦了擦眼睛，然后抬头略带尴尬地笑道："哦，天哪，我今天可真是发疯了。"

"这只是很正常的神经紧张而已，宝贝。"

她靠在我肩膀上："亲爱的，你说得对。这只是作为一个母亲很正常的感觉，我需要适应它的存在。"

在后面的几个月里，也有那么一两次，她表现出沮丧和闷闷不乐的样子，但都没有实验室里那次严重。但这些迹象也让我开始警惕。我推掉了新一轮的巡演，尽可能多地陪伴她。大约在她怀孕39周的时候，我偶然在她的电脑里发现了一个文件夹，里面详尽地记录着这个尚未出生的孩子每一次和她的"对话"——从她上厕所的时间、睡眠中的梦境，到喜欢的食物以及音乐类型，都是一些琐碎的小事。看到后面我仿佛理解了一点点那天她的话，因为她记录下来的一切都不是她的习惯和喜好，而是另一个人的。

那个逐渐成形的婴孩正在利用她的身体，完成自己想要做的事情。当她意识到这一点的时候，她被吓坏了。

如果是通常的母亲，大概会以"爱"来解释自己的行为。但她不会，情感于她只是外在的伪装色，让她看起来同其他人一样。所以所有这些事情都只能从婴儿的视角来解释：这是一个怪物为了在她的身体里生存下去，采取的寄生和控制行为。

或许是飞机上的空调太冷，我突然打了一个寒战。我从没有想过，自己居然会在这个时候想通她为什么会抛弃自己的孩子。因为如果她不这么做的话，她或许就会永远被托尼控制，永远失去自己的生活——正如现在的我。

"请您系好安全带，李先生。"空乘走过来提醒我说，"飞机马上就要降落了。"

我照做了。飞机不断下降，窗外广袤的沙漠中，一座城市围着绿洲铺展开来。

B　伊甸

在完成对事发现场的基因检测之后，骆明收到了人工智能助手艾德蒙传来的阶段性报告。35号器官培育舱的断肢和头颅分属于三位已经去世的飞船乘客，他们的死亡原因都是毫无疑点的慢性疾病，并且都自愿选择为了这些病症的深入研究而捐献遗体。这个发现让骆明紧锁的眉头略略舒展了一些。

"没有凶杀案，"他这样对刚刚赶到现场的飞船大副秦威说道，"终归是一个好消息。"

与骆明和大部分"伊甸号"上的乘客一样，秦威也有近150岁的年纪。此刻他刚刚做过头皮置换手术，头顶上只有一层婴儿般柔软的细毛，让他整个人都显得有些滑稽。

"当然，这真是不幸中的万幸。"秦威看上去有些心不在焉，接下去的话倒更像是在自言自语了，"只是……这些断肢是怎么跑到这里来的？"

骆明道："遗体按理说应当被送到7号甲板地下的医学研究室，但不会是这里。"

"正是这样。"秦威这才看向骆明，"而且器官培育舱是飞船上监控最为严密的地方，发生这样的事情真是令人费解。你恐怕并不清楚这些，因为就算警察也没有查看'亚当'相关资料的权限。"

骆明说："如果您能够分享这些信息，或许会对案情的进展有很大的帮助。"

"很抱歉骆警官，这些资料涉及'伊甸号'飞船的核心机密。"秦威说道，"我想，既然没有出现什么严重的死亡事件，或许这件事就到此为止比较好。剩下的工作就交给我和'亚当'的管理人员吧。"

骆明立刻抓住了他话语里的含义："您是说，这是一起普通的意外？"

秦威不置可否地笑了笑："以往船上也发生过严重的器官培育失败事故，你知道，是舱内温度控制出现异常的缘故。"

骆明看了看他的神色，轻轻叹了一口气："好吧，先生，我明白了。"

然而仅仅一天之后，骆明就在办公室收到了艾德蒙发来的"亚当"资料包。

"你简直是个天才。"骆明一面赞叹着，一面打开了那份文件。当翔实准确的内容出现在他的视野里时，骆明再一次叹息道："如此轻易就能得到这些资料，看来这艘船的安全系统的确有很大的问题。"

"或许这得怪你违规带了一个人工智能上船吧？"艾德蒙的声音听起来混杂了得意和揶揄。

"最起码这么多年都没有人发现你。"骆明眼中闪过一丝狡黠。艾德蒙是很久以前他得到的一份礼物，这么多年来就像他的左右手一样不可分割。因此在得知"伊甸号"的人工智能禁令后，他还是选择将终端植入体内，偷偷把艾德蒙带上了飞船。

"那是因为这里的智能系统都太原始了。"艾德蒙说道，"不过你倒不用太过担心这艘船，它的核心控制系统是隔绝外部网络的，我从没找到过钻进去的缝隙。"

骆明点了点头，目光再次聚焦在那些繁杂的资料上。从这些文字来看，"伊甸号"事实上是一艘实验船，它为居住其中的数十万名乘客提供可置换的器官，从而大大延长其寿命；同时，它会将人群的健康和生育信息发送回地球，使母星上的人们能够预先获知大规模器官置换可能产生的问题。"伊甸号"沿着彗星轨道在太阳系中飞行，每四年会与地球轨道交会一次，并且会在空间站停靠，从而完成人员和信息的交换。

"我一直以为我们是在远离太阳系。"骆明大为震惊，"而且从来没有人告诉过我还可以下船！"

艾德蒙说道："看来他们做了很好的保密工作，来避免你们得知自己其实是实验室里的小白鼠。"

由此看来，器官培育舱的确是"伊甸号"的灵魂所在。它通常被人们称为"亚当"——那位在宗教故事中用自己的肋骨创造出另一半的人类始祖。然而如果进行更精确的定义，器官培育舱中每一个单独孕育人体器官的黏膜囊状物，才是真正的"亚当"，它们彼此独立，各自携带着不同客户的基因，培育着不同的器官。在"伊甸号"最初的设计中，这些"亚当"是相互隔绝的，但是随着时间的流逝，管理者们发现了一个奇怪的现象：同一个舱室内的"亚当"在投入使用一段时间之后，一些细胞开始顺着营养管道向上生长，并最终相互连接，而这非但没有造成器官培育的延迟或污染，反而提高了培育效率，缩短了器官成熟的时间。一些研究者认为，这种"基因网络化"的培育模式引发了"亚当"之间生长信息和生长激素的交流，从而促进了器官的成长速度，因此，在40年前的培育舱更新工程中，管理人员干脆设置了让这些"亚当"彼此相连的通道，并且取得了令人惊叹的效果——在保证客户基因独立完整的前提下，大多数器官的培育时间都减少了一半以上，就算是最慢的肺部培育也减少了三分之一的时间。

"我还是不明白这些资料和这个案件有什么关联。"骆明的心情略微有些烦躁，"我总觉得现场还有一些信息是我们没有注意到的。"

"我这里存有事发现场完整的扫描记录。"艾德蒙说道。

"或许……"骆明沉吟道，"问题并不只是出在培育舱内。"

"你指什么？"

"你还记得报案人和'亚当'管理人员争执的焦点吗？"骆明说道。

艾德蒙回答道："医院的信息显示林可女士的心脏订单被取消了，而'亚当'监控平台却显示一切正常。"

"没错，就是这个。"骆明说道，"按理说，'亚当'的安全级别应当远比医院要高，但为什么培育舱的管理人员反而不知道35号舱内的真实情况？"

"会不会是他们有意隐瞒？"艾德蒙问道。

"或许是这样……但目前我们也无法排除另一种可能，就是这些所谓的管理者——大副也好，培育舱管理员和研究员也好，都不清楚到底发生了什么。"骆明把屏幕上的画面切换为报案人林可与管理者争执的录影，"注意他的表情，他脸上的惊诧是真实的。"

"的确，我的微表情分析也证实了这一点。"艾德蒙说。

骆明说道："不管怎样，如果从事发现场来看，这种状况最近很有可能发生了不止一次，而只有这位女士情绪激动地报了警，还打开了35号舱的舱门——这一条虽然写在合约里，但好像只有大家上船的头几年还有人来看。"

"你是说，事发地的那些内脏都是被取消的订单？"

骆明眼前一亮："我们不妨从这一点来查查看。艾德蒙，你是否能够侵入培育舱和医院这两个信息平台，然后调出相关记录？很有可能两者有出入的订单，就是我们在35号舱看到的那些器官。"

"你可真会给我出难题。"艾德蒙虽然这样说着，声音听起来却是兴奋雀跃的，"让我来试试看吧。"

3 提丰（Typhon）

> 他所有可怕的脑袋发出各种不可名状的声音；这些声音有时神灵能理解，有时则如公牛在怒不可遏时的大声鸣叫，有时又如猛狮的吼声，有时也如怪异难听的狗吠，有时如回荡山间的嘘嘘声。
>
> ——赫西俄德《神谱》

时隔九年，我再次踏入她的实验室。艾德蒙已经从本科生变成了博士生，看我的眼神倒是丝毫未变，就像任何一个克制的乐迷："李先生，教授在动物室等您。"

"谢谢你，艾德蒙。"

当我推门进去的时候，她没有注意到我。她正蹲在一只足有半米高的猪身边，专注而温柔地笑着。然后，她把手机放在播放器上，音乐响起，竟然是我的《雷火》。

当我把它握在手中，

日月颠倒，星辰陨落。

战斗吧，破坏吧，

众神之王不息的欲望，就在我手中。

那只猪随着音乐用后腿站立起来，笨拙地摇摆扭动着，却慢慢跟上了节拍。她同它一起站起来，身子靠在书桌上，笑得几乎喘不过气来。猪仰头看向她，跳得更起劲了，节拍也踩得愈发准确。这简直太不可思议了，因为这是一首快歌，而那只猪显然是在跳舞。

大约是华彩段我们切换了节拍的缘故，那只猪突然身子一歪摔倒在地。她被吓了一跳，立刻跪在它身边问道："天哪！你还好吗？"

猪哼哼了一声，像是在回答。她略带嗔怒地用手戳了一下它的头，然后用我听过的最轻柔的语调说道："坏家伙，不要吓我。"

于是，那只猪的哼哼声听起来像是有点委屈。她揉了揉它的背脊："好了，好了，你没事就好。"

眼前的一切实在有些古怪。我咳嗽了一声，她和那只猪一起回过头来看我，那一幕我一辈子都忘不了。

"怎么了，伊文？"她站了起来。

——它长了托尼的眼睛。

她从未见过托尼，所以或许她不知道这件事。但是那只一岁半的猪，它长着托尼的眼睛：浅棕色的瞳孔，混杂着一点点灰。或许还不只是眼睛，还有它目光深处别的什么东西。它看得我背脊发凉，让我一下子忘记了自己来此的目的。那感觉就像是有一次我站在舞台中央，却发现自己突然忘记了关于歌曲的一切。电吉他的前奏变成了毫无规律的噪音，闪烁的镁光灯让我双腿发抖。

"你需要喝杯咖啡吗？"她担忧地看着我，"你的脸色不太好。"

"我们可以……单独……谈谈吗？"就算连着唱三场演唱会，我的嗓子都不会是现在这个调子。

"可我正想让你见见我们的猪。"她柔声说道，"它很健康，这真是太神奇，也太棒了，不是吗？"

我的目光再次与它相触，转瞬间我就觉得自己的灵魂都被扯碎了。

"上帝啊……"

那只猪用一种了然的目光看着我，就像它知道自己的命运一样。那是一种对痛苦无言的屈服与顺从，带着命运般的悲剧感。托尼在最近几次去做透析之前也这样看过我。

"好吧，亲爱的。"她走上前握住我颤抖的手，"我们换个地方。"

在走去她办公室的路上，我们一句话都没有说。那是一个宽敞的房间，午后的阳光让一切阴暗都不见踪影，艾德蒙端了两个小小的圆杯子进来，她简单地说了一句"谢谢"，但即便是他离开之后，她都没有对我开口。桌上的树影被一点点拉长，我把已经变得冰凉苦涩的咖啡喝到嘴里，然后，她终于打破了一个下午的沉默。

"我以为你会想看看猪的资料。"

那个厚厚的文件夹就放在我面前。我僵着手臂打开它，里面是与猪相关的实验记录，从胚胎开始，一直到今天。我只能看懂那些照片。它起初总是对着镜头笑，如果那样愉悦与依恋的表情可以被称为"笑"的话——近一个月来，它却不再笑了。最后一页是它眼睛的特写，我翻开之后几乎难忍胃里的不适，猛地把那个文件夹摔到地上。

她起身把文件夹捡起来，淡淡地笑道："还好我没有给你看电子文件，不然这会儿就得填写器材损失报告了。"

"怎么会这样……"我喃喃道。

"伊文，我们得面对现实。"她轻轻地叹了一口气，"这恐怕是最好的情况了，猪目前完全符合移植所需要的条件——如果你让我来说的话，这次实验出奇顺利，我们从一开始就找到了正确的道路，所有的一切都在最短的时间内完成了，你就算翻看科学史，恐怕也找不到一条这么平顺的路……"

"你——"我打断她，却不知道该说什么好。

"我已经联系了我的朋友桑格医生，他是州立医院最好的肾外科大夫。"她的语调平稳而冷静，"我已经把猪的资料发给了他，他仔细研究之后，认为手术的风险与常规的移植手术相仿。伊文，我不明白你还有什么不满意的。"

只有最后这一句透露出她压抑的愤怒，但只是这一丁点儿，就彻底挑起了我的恐惧和怒火。我把手机打开，桌面上的图片就是托尼的脸，他正无辜地看着我。

"够了。"我掀开文件夹，把手机放在那张特写照片上面，"我们都知道问题出在哪里，对吗？那只猪的眼睛，和托尼——"

"一模一样。"她接了下去，"当然，我知道。那就是托尼的眼睛，那个部位的细胞是人类细胞。"

"……还有别的地方？"我震惊地看着她，这是我从她脸上读出来的信息。

"目前的结果是略微有点难堪的，它的神经系统几乎都是人类细胞。"她无奈地耸了耸肩，"不过拜托，别天真了伊文，从一开始我们就都知道嵌合程度是不可控的，但是谁都没有把它当一回事。"

"神经系统？"

"大脑、小脑和脊髓，绝大部分。"她一字一顿地说道，仿佛用这样的语气就可以把她内心的毒液刻在我心上似的，"简而言之，那个猪肉外壳里面就是我们的儿子。"

就算是看见托尼被卷进车轮底下的时候，我都没有像此刻这样害怕过。因为在那个时刻我是个父亲，而此刻我却即将成为一个罪人——我们都做了些什么啊！我们把自己的儿子和猪融合在一起，现在我们要亲手去杀死它了！

见我没有说话，她放松了语气："当然，只要我不说，没有人会知道这件事，这些记录都不会出现在我的论文里。神经系统并不是这个实验关注的重点，也不是决定成败的关键。它的肾脏非常完美，伊文，这一点你绝对不用担心。"

"我不是在担心这个！"我无法容忍她虚伪的平静，"杀死它是残忍的，是不道德的！你难道没有注意到，那只猪知道这件事情吗？"

她无声地笑起来："伊文，那你打算怎么做？"

"我……"

"你知道吗？已经快半个月了，我无法入睡。"她低声说道，"我一直在想，你是不是想用这只猪来报复我，因为我抛弃了托尼，所以你要用这样一种最残忍的方式，来重新唤醒我心中作为母亲的天性。我一直在试图告诉自己，这不是托尼，这不是我儿子，我甚至拒绝给它起名字，就是怕自己会把它当成一个人。可它超乎了我的想象，在所有的研究员里它只同我亲近，在所有的音乐里它只喜欢你的曲子。"

托尼也是如此，他从小只要一听到《雷火》，就会手舞足蹈。

她继续说道："我曾经想过是不是我们应该停下，让托尼去承担他命中注定的痛苦，让猪生存下去。但直到我看到你，我才知道我们根本就没有退路。"

她的目光几乎穿透了我，也让我终于看到她克制的战栗，毫无疑问她的恐惧和痛苦要比我深切得多，大约是因为想过太多次，才能够把它们深埋在平静的语调之下。毕竟我所做的只是看了那只猪一眼，而把它从一枚细胞养大的那个人是她。

如今我们已经没有退路，托尼的状况越来越糟糕，她的实验室在这只猪身上的巨大投入也不可能瞒过所有赞助人。一开始让她越过雷池的人就是我，这沉重的十字架也理应由我们一起来背负。

"……对。"我强迫自己忘记那只猪，"托尼最近的状况不太好，我会尽快把他接来，不要错过手术的最佳时期。"

"看来我们终于达成了共识。"她脸上新的笑容抹去了神情中所有的不快，然后她打开自己的笔记本，用柔和的语调告诉我桑格医生的联系方式，仔细向我介绍了他的背景和资历，接着说起她自己对于移植手术的一些看法和建议。等天色彻底暗了下来，她才停住了话头。"你得走了。"她微笑着提醒我，"现在出发还能赶得上飞机。"

我看了一下时间，果真如此。起身的时候我犹豫了一下，不知道自己是否应该和她握手表达友好和感谢，但她把双手抱在胸前，看上去完全没有这个需要。

"那我先走了，谢谢你。"我干巴巴地说道。

她笑着摇了摇头："伊文，亲爱的，托尼也是我的儿子，你为什么要说谢谢？"

"是啊。"我笑了起来。

我们一起走到实验室外，树影昏暗，把世界都罩在静夜里。我正要道别，她却先开口了。"我最初遇见你好像就是在那里吧……"她轻声说道，"那天你弹了一段很温和的旋律，但是没想到最后录出来的歌却是那么疯狂。"

我知道她说的是《泰坦》。第一个乐句的灵感正是我在这所学校演出时想到的，夜里竟如同毒瘾发作一般急切地需要一台钢琴，只求让音符从脑海中流淌出来凝为真实。于是我跳窗子摸回大门紧锁的礼堂，却没想到外面竟有另一个人在倾听。

> 我们被父辈憎恨，
>
> 深埋地下，不见天日，
>
> 以镰刀夺位，身负诅咒骂名。
>
> ……
>
> 我们注定要反叛，
>
> 击碎藩篱，不惜代价，
>
> 让浓烟弥漫，让地火沸腾！

她唱着，还忘了一段歌词，并且完全不在调子上，可我却无法像以前一样哈哈大笑。

她转过头看向我："现在想起来，真像是一个奇妙的预言啊！"

后来她没有出现在州立医院，也没有参加托尼的康复派对。整整五年，她把自己埋葬在实验室里，与所有朋友都不再联系，彻底从人们的视线里消失。所以在接到她的电话那天，我是极为吃惊的。她希望我能够以托尼的名义建立一个慈善基金会，用于对儿童器官移植的资助，而这恰恰是我先前给她发了许多次以"投递失败"告终的邮件中提出的请求。

我当即应承下来，在基金会的构架基本完成之后，我又联系了她。

"我感觉你打算做一件大事。"我说。

"的确。"她回答说，"我重新编程和设计了嵌合体细胞的基因调控网络，把它变成一个巨大的类囊胚……"

"抱歉，"我温和地打断她，"你知道我听不懂。"

"就是说……"她停顿了一下，像是在从科学家切换到普通人的语言模式，"我们现在已经可以在实验室里量产人体器官了。我用现有的嵌合体做了一个比较稳定的构架，只要加入新的人类细胞，就可以长出相应的器官来。"

"这真是不可思议！"

"伊文，你知道的，我再也不会让它看起来像一个人类。"她的声音里透着疲惫。

在基金会成立的同时，她终于在《细胞》杂志上发表了嵌合体实验的系列论文，从最初的"人-猪嵌合体"，到后期的再生医学实验室，她几乎在一夜之间撼动了人们对"生命"的认知。我购买了那一期杂志，评论文章给予她夸张的赞美："这是再生医学革命性的一步，它意味着，在不久的将来，人类或许可以像更换零件那样替换自己的器官，从而获得更长的生命，甚至永生。"

赞美的同时，批评与争议也随之而来。尽管人们都谅解了她作为一个母亲想要拯救儿子生命的迫切心情，但使用人类细胞来做实验，毫无疑问是跨入了科学的禁忌之门。然而，第三篇论文的发表有力地回应了铺天盖地的攻击，她向人们展示了器官生长的模具，她称之为"亚当"。它看上去就是一个内里长了黏膜的小方盒子，完全脱离了生物形态。"'亚当'

不会碰触到任何科学伦理问题。"在一个访谈中，她这样说道，"它不会长出人的大脑，它不会思考，它没有感觉，因为我们没有给它设计感觉和思考的器官。它会做的唯一一件事情，就是用自己的'肋骨'去拯救需要它的人类。"

C　船长

骆明没想到他真的能够凭借一封邮件踏进"伊甸号"的船长室——尽管这正是他发信的初衷。

面前的女士已然白发苍苍，皮肤松弛，背脊佝偻，甚至连坐到沙发上这样简单的事情，都显得十分吃力。骆明对船长的外表感到些许惊奇，因为他平日所知的女性，似乎都会把与外在美相关的一切列在器官订单的前列。

"对于35号舱的意外事件，"与外表不同的是，船长的声音却是中气十足的，"我想听听你的意见。"

"大副先生曾经表示这超过我的权限。"骆明把双手放在身前，谨慎地回答道。

"在这一点上，我倒觉得应当让更专业的人来参与案情分析。"船长指了指面前的扶手椅，示意骆明也坐下，"只是鉴于培育舱的特殊性，调查的结果应当保密，我相信这一点对你来说不是问题。"

"当然……"骆明坐了下来，"那么您已经看过我的邮件了？"

"是的。"

骆明平视着船长的双眼："正如邮件里提过的那样，我认为这不是一个意外，而是一个有意识的犯罪行为。"

船长垂下眼帘："但这和大副秦威给我的报告不符。"

"我相信您正是想听听另外的声音，才让我到这里来的。"骆明看了看船长的神情，继续说下去，"我查看了最近三个月以来医院系统被无故取消的订单，其数量居然是以往相同时段的七倍之多。当我继续追踪这些器官的来源时，它们几乎都是在35号舱中进行培育的，而那里的监控系统却显示一切正常。"

"这些就足以说明这不是一个意外吗？"船长问道，"说不定这只是监控系统自身出了问题。"

"不仅仅是监控系统，阁下，还有培育舱本身，那些被意外'收割'的器官究竟是怎么回事？"骆明说道，"除此以外，更让我无法理解的是，培育舱监控平台和医院订单系统的信息错位问题。"

船长终于看向他："说说看。"

"事实上，在今天见到您之前，我对自己的结论也没有十分的把握。"骆明谦逊地笑了笑，"我曾经怀疑这些错位的订单信息，是管理者在刻意隐瞒真相。但您找我来，恰恰说明作为船长的您也不清楚到底发生了什么，那么只剩下另一种可能性，那就是35号舱最近发生的意外，'亚当'的管理者是不知情的。由此我们很容易就猜到，始终显示一切正常的监控系统必定是被人为篡改了。"

"关于这一点，"船长的目光更为专注了，"我让大副秦威去查看过器官培育舱的监控系统，它似乎是被一种类似于'绿幕'的技术修改了，工作人员和机器警察进出培育舱都会正常显示在监控里，但是作为背景的

'亚当'却会始终显示为原先的状态。"

"您是说，监控系统被部分篡改了？在显示器中所有'亚当'的状态都是不变的？"

"不是'不变'，而是'正常'。监控系统中的器官都在继续生长，并且在订单交付的时间点被'正常收割'。"船长摇了摇头，"我不得不说这是一种非常高明的篡改方式。"

这个信息加深了骆明的疑惑："这就是我想不通的地方。如果整个事件是一个有计划和预谋的犯罪行为，那么这个罪犯已经完成了难度最高的一步——他彻底控制了飞船里安全度最高的'亚当'监控系统，可他却忘记了最简单的医院平台。"

"我倒觉得这很容易想明白，因为罪犯无法给病人凭空变出他们想要的器官来，所以只好保留这些信息。"

骆明反驳道："但是他完全可以用更高明的办法，例如整体推迟订单的交付期限来避免人们知道那里发生了什么。然而从医院的记录来看，医生和病人都是在最后一分钟才得知正常的订单被延迟或取消，这些信息源头是医院的器官接收通道，而不是'亚当'。"

"我完全被你搞晕了。"船长眉心的皱纹蹙在一起，"你想要说什么？"

"对于一个如此费尽心机，甚至使用'绿幕'技术来修改监控系统的人来说，忘记医院平台是很奇怪的事情。他既然有足够的能力侵入医院信息平台，却没有这么做，这是为什么？"骆明回答道，"一种可能性是他希望由此引起人们的注意，但另一种可能是他并不知道医院信息平台的存在。"

"这毫无道理。"船长道，"'伊甸号'上的每一个人都知道这个平台。"

"当然，按常理说是这样，"骆明说道，"但总有一些人是不知道的。"

"我希望您给我明确的观点，而不是暗示或猜测。"

"在这艘船上，哪些人不知道医院信息平台的存在？或者，谁没有订制过器官？"骆明看向船长，"我希望您能帮我收集到这个名单，他们就是有作案嫌疑的人。"

船长满是皱褶的手指轻轻敲着座椅的扶手，冷笑道："这可真是一个奇怪的指控。"她对上他的视线，"我就没有更换过器官。"

4　俄耳托斯（Orthrus）

在赫西奥德的《神谱》中，双头狗俄耳托斯被认为是艾奇德娜所生的怪物之一。另一些传说则认为是他，而非提丰，和艾奇德娜生出了那些可怕的怪物：奇美拉和斯芬克斯。（《伊利亚特》，Ⅸ644）

——维基百科

我第一次见到她，是在父亲的葬礼上。

说来也怪，在场的数万人中至少有一半是为她而来，但却只有我看到了她。她穿了一条黑色真丝长裙，纤细的脖颈间挂着一枚钻石戒指，面容看上去竟比我还要年轻。我不知道是面孔分辨训练，还是母子间天然的联系，让我知道那就是她。然后，她也看到了我。

五秒钟之后，我收到一条定向信息："葬礼结束后，希望能和你谈谈。"

我想起父亲临死之前嘱咐过我的话——"她是你的母亲，也是你的救命恩人，她给了你两次生命，你要感激她，不要怨恨她。"

于是，等人群散去，我坐上了她的车。她把目的地设定为加勒穆恩机场，然后把椅子转向后方，面对着我。

"你好，托尼。"她说。

已经有很多年没有人这样叫我了。自从我的父母合作创办了"托尼·李慈善基金会"之后，我不得不为了保护自己的正常生活而改名换姓。

"妈妈？"说出这个词汇比我想象中要容易，"你看上去真年轻。"

"对，是我。"她笑了，飞快地眨了一下左眼，就像我们之间有一个小秘密，"我正在尝试一项新的实验，它能让我的细胞恢复到年轻的状态。不过这是个很危险的实验，我们还不清楚副作用是什么——只可惜这一次我没有另一个儿子来当第一个尝试者了。"

"是吗？"我尴尬地回应道。

"哦，亲爱的，我是在开玩笑呢。"她摊开手，"你呢，你最近怎么样？我听说你在做警察。"

"只是一份工作。"

她的笑容更深了些："你做得很棒，托尼，我注意到你在对付人工智能犯罪，这真是太了不起了。"

"这个世界变化得太快，总有一些事情科学家无法掌控。"我不喜欢她说话的语气，就好像她一直都在以母亲的身份关心我似的。

"正是如此。"她深深地点点头，"有些时候我们也并没有像看上去那样了解自己创造的东西。"

这话倒出乎我的意料："真的？"

她没有正面回答我，而是又问道："托尼，你是否有兴趣来参加我们的新闻发布会？我们要宣布一件大事。"

我当然听说过再生医学集团下个月的发布会，在七年的沉默之后，这一次她要说的话早就引起了所有人的关注。

"这可能关系着人类的未来，"车子开始减速，她看了一眼窗外，又看向我，"你一定会来，对吧？"

她笃定的语气激怒了我，我可不是我的父亲，不管什么时候都对她发了疯一般地着迷："抱歉，恐怕我没有兴趣参与。"

"相信我，亲爱的，你会感兴趣的。"车子停下了，她在手表上点了两下，于是我收到了一张邀请函和一个文件包，"发布会是在下个月的十三号，不见不散。"

她轻轻握了一下我的手，然后走向机场，午夜的太阳把她的黑色裙摆映出一个锐利的轮廓。三小时四十分钟之后，她乘坐的空客A400型飞机一头扎进了大海中央。我提前结束休假参加了搜救行动，但是波罗的海卷走了她的痕迹。在浑浊的海浪深处我见到了飞机的残骸，人们说那里掩埋着人类最疯狂的梦想。

救援结束的那天，我再一次收到发布会的邀请函。如今没有什么理由可以阻止我去了，就像是响应命运的召唤一般，我踏上一万多公里的旅途。在飞机上我查看了她先前给我的文件包，里面是一只猪从小到大的照片，毫无疑问它就是我的救命恩人。我先后在阿姆斯特丹和纽约转机，最后到达一个沙漠中的小镇，父亲曾经跟我说过这里，它是我的肾脏的诞生地。

"托尼·李。"我对接机的人说道，那是邀请函上写的名字。

对方张大了嘴，摆出一个夸张的惊讶表情，然后垂下眼眸："我是陈颖，我为你的家人感到非常抱歉。"

"谢谢。"

当我以这个身份踏入会场的时候，我受到了英雄般的欢迎。每个人好像都认识我，他们围住我，跟我谈论我的母亲和我的肾脏，但是这两者对我而言都没有什么真实的感觉。幸好发布会很快就开始了，逐渐暗淡的灯光让所有人都停止交谈，转头看向聚光灯下的舞台。

"我们将会再一次改变世界。"站在高处的中年男人这样开场。

人们回应以最热烈的掌声："好样的，艾德蒙！"

艾德蒙是母亲创办的医疗集团的首席科学家，他曾经和她一起拿过诺贝尔生理学或医学奖。当人们安静下来后，他再次开口：

"在过去的30年里，我们已经做了很多了不起的事情。从嵌合体实验，到第一例人类自体器官的成功培育，乃至于其后对再生医学的推广，我们拯救了许多人的生命，但也承受了很多争议。其中最关键的一点就是：我们是否可以用人类做实验？"艾德蒙在人群中找到我，"很荣幸，托尼·李先生今天也在这里。他能够健康活着的这一事实，或许就是答案。"

聚光灯的光柱一下落到我身上，世界顿时惨白得看不见任何东西。

"我们的实验室一直在努力向公众阐明自己的立场，然而很可惜的是，我们一直缺少一个决定性的结论，来证明让人类参与实验的正义性。"当艾德蒙继续演讲的时候，光柱终于从我身上移开，"然而最新的一个发现，或许可以平息这场持续了数十年的科学伦理战争。首先我需要介绍一下我们实验室最年轻也是最强大的一位朋友，量子计算机的拟人人格斯芬克斯先生。"

光线在他的指尖聚拢，然后散开成为一个人类的形状。这是最新的立体影像技术。当然出于职业习惯，让我更为警惕的还是"拟人人格"这几个字，在处理过上百起人工智能犯罪事件之后，我对这种玩意儿充满了不信任感——尤其眼前这个人工智能还在运行量子算法。

斯芬克斯被设计为一个拥有小麦肤色的少年，当光线沉淀下来的时候，我几乎感觉不到他是一个虚拟的影像。斯芬克斯脸上浮现出略带羞涩的笑容，恰到好处地让人们对他产生一种天真无害的印象。他开口说道："大家晚上好。我这里有一个谜语……"

艾德蒙笑着打断他："难道还是'什么东西早上是四条腿，中午两条腿，晚上三条腿'的谜语？斯芬克斯，这太老套了，答案是人。"

"人类，是的，这个谜语是在以一天的时光来比喻人类的生命。"斯芬克斯说，"不过，我今天要问的是第二个谜题。"

"请说，斯芬克斯，这里聚集了全世界最聪明的人。"艾德蒙说道。

斯芬克斯问道："人类是如何诞生的？在'早晨'之前，黎明的黑夜里发生了什么？"

"进化论，斯芬克斯，我记得我教过你的。"艾德蒙无奈地叹息道。

"你要拿出证据，艾德蒙先生。"斯芬克斯说。

"当然，我们有大量的直立人和智人的化石，"艾德蒙停顿了一下，"但是……"

斯芬克斯接着说道："但是，人类的化石出现了一个断层，迄今为止我们还是没有任何直接的证据，可以证明人类是由智人进化而来的。"

"可你也没有证据证明人类不是由智人进化而来的。"艾德蒙飞快地反驳道。

"不，艾德蒙。"斯芬克斯说，"我已经有了证据，证明人类的祖先是一个嵌合体。"

大约有十秒钟艾德蒙没有说话，会场升腾起窃窃私语。

"嵌合体？"艾德蒙终于开口了，"斯芬克斯，你在开玩笑吗？"

"我从不开玩笑。"斯芬克斯说道，"我想在座的各位都很清楚，量子计算的主要应用之一是量子算法，在它诞生之前，计算两个大质数的乘积对于普通计算机而言极其容易，但将这个乘积分解回质数却几乎不可能。这种原始的加密技术在量子计算机诞生之后就不复存在了，因为我和我的同伴可以通过量子算法轻易将其破解。在我加入实验室团队之后，艾德蒙博士有了一个新想法，就是让我来尝试分解人类的DNA。"

"简而言之，是将一个人的DNA分解为其父母的DNA，完全是一个生物学家看到量子解密方法时的职业本能。"艾德蒙耸了耸肩，"而我没有想到的是，斯芬克斯做到了。"

斯芬克斯点头道："是的，通过不断的算法改进和实验拟合，我可以保证非常高的还原度。也就是说，当我知道你们之中任何一个人的DNA序列时，我就可以知道你所有祖先的DNA序列。我可以还原出他们的肤色、血型、头发和眼睛的颜色，给我一点时间，我甚至可以再造一个人类祖先。在得到各国医疗数据库的支持之后，很快我就拥有了人类的祖先基因库。"

"在分析人类的同时，"艾德蒙补充道，"我们也尽可能多地分析了其他的生物，包括哺乳类、爬行类、鸟类、昆虫、软体乃至于植物在内的115000种生物，我们也收集了他们的祖先库。为了完成这项庞大的计算工作，我们借用了量子云计算网络，同时简化了算法，专注于种群数量的演变而非每个个体的DNA序列。最终，我们发现了一个奇特的现象。"

会场鸦雀无声。

"我们可以看到，除了人类以外的所有生物，他们的祖先库个体数量都会呈现出一种相似的演变趋势。"光芒再度在艾德蒙手中亮起，"请注意这个图表，它的横坐标是历史上各个阶段的基因样本数量，纵坐标则是时间，越向上，时间就越久远。让我们先来看看海雀，每一只海雀都会有两个父母，我们剔除了父辈中相同的DNA个体，从而避免因为兄弟姐妹来自同一对父母的重复计算，确保每一个时间段样本种群的数量与实际相符。当时间向上方推演，我们可以发现，不论这个种群维持了多久的相对稳定，总会有一个急速减少的阶段，在这里，就像是一个瓶颈地带。瓶颈之上，是样本量的迅速增加。"

图像随着他的手慢慢升起，停在了一半的地方，就像是一个沙漏。艾德蒙继续说道："这意味着什么呢？如果我们顺着时间流淌的方向，自古而今来看，这就意味着海雀曾经因为某种原因大量死亡，而我们现在看到的海雀，他们的生命都源于瓶颈地带中数量极少的海雀。"

斯芬克斯继续说道："对于人类，科学家也提出过一个相似的说法。早在1987年针对线粒体DNA的研究中，人们就提出了'夏娃假说'，当时的研究人员通过分析世界各地的妇女胎盘细胞，发现所有的现代人都来自一个共同的祖先，即同一个妇女，现今地球上所有的人类都是她的后代。而我的计算也印证了这一点。"

艾德蒙的手向旁侧移动了一下，人类那一栏的图像向上稳定地升高了一点点之后，就急速减少，最终收缩到一个几乎无法看到的点上。

"细得可怕的瓶颈地带，不是吗？"艾德蒙继续说道，"在我们谈论人类的过往之前，请允许我先把海雀的问题说完。如果我们不断向上追溯海雀的祖先种群数量，会发现一个很有趣的现象——历史是重复的。在瓶颈地带之上，是另一次繁荣，其上又是另一个瓶颈地带，如是往复。而当我们去计算别的生物时，例如红松鼠，结果是相同的，总会有很多个瓶颈地带，这意味着它们面临着一个又一个的生存危机，少数存活下来，再次繁衍生息。长吻鳄、宽尾凤蝶、金线蛙……我们计算了115000种生物在过去50万年的演变，结果都是一样的。"

随着艾德蒙脚步的移动，一个又一个图像从地面上升起来，它们全都是相似的纺锤形上下叠合起来的形状，在每一个最细处都代表着一次危机。

艾德蒙说："这个现象很容易解释，因为只要一种生物在现今是存在的，那么就证明它的祖先成功地繁衍了后代，它们都成功地熬过了每一个最危险的瓶颈地带。然而——"

他走回最初站的位置，把手放在海雀旁边那个锐利的尖顶上："然而，女士们，先生们，这个是人类。"

他把手向上抬起，但图像却没有随之而升高。它停在那里，岿然不动，就像是一个伊斯兰文明的建筑尖顶。

"人类的图像说明了什么呢？它说明在大约18万年前，我们共同的祖先生下了她的孩子，然后子又生孙，孙又生子，直到人类文明统治地球。"艾德蒙放慢了语速，"但是，请大家注意，这个图像同样说明——人类的历史，只能追溯到这一个共同的祖先。"

斯芬克斯插话道："请允许我提醒您，艾德蒙博士，'一个'是不可能繁衍的。"

"当然，'一个'是不确切，也是不可能的。除了这一个女性，我们共同的祖先还有四个男性，在早先的'夏娃假说'中，他们没有被发现。但不论这个瓶颈地带究竟有几个人，这件事情怎么可能发生呢？斯芬克斯告诉我说，我们的祖先之上，没有祖先。"

"正是如此。"斯芬克斯说。

"是我们的计算出现了错误吗？"艾德蒙说，"或者，是我们这位祖先发生了基因突变吗？但我们用了快速繁殖的细菌，以及有着详尽基因记录的小鼠家族进行拟合，我们的算法都是正确的！斯芬克斯的计算没有错误，而其他生物也发生了基因突变，依然可以通过更多的样本计算出他们共同的父母——那么为什么，各位，请问为什么另外的115000个物种都能够不断向上推演，而人类却不行？在'早晨'之前，黎明的黑夜里究竟发生了什么？"

一片死寂。

所有人都仰着头，看着那张不可思议的图表。从我先前听到的自我介绍来看，这个屋子里聚集着世界上最顶尖的科学家和医生，少数几个政治家和企业家，以及几家极具影响力的新闻媒体。所有人都在试图从这张图表中找出漏洞，但没有一个人张口说话。"嵌合体"，斯芬克斯在出场时说的话，像一个幽灵一样飘浮在人们的头顶上。

"当我像各位一样不知所措的那一天，我给我的导师打了一个电话。她听完我的描述之后，只问了我一个问题。她说：艾德蒙，你还记得那只猪吗？"艾德蒙看向我，"托尼，你还记得那只猪吗？"

极轻的讨论声。

艾德蒙摇摇头："恐怕你是不记得的。可我记得，在我读博士的时候，我的工作之一就是去喂那只猪。我们记录它每一天的健康状况和成长状况，直到有一天它成年，直到它的肾脏可以挽救你的生命。我一直以为，那是第一个带有人类细胞的嵌合体。但是我错了。我让斯芬克斯去推演了另外几个种群，是这几十年我们培育的嵌合体种群，它们的类型并不算多，但是有一些大鼠-小鼠嵌合体家族已经繁衍了上百代之多，在计算它们的祖先基因库的时候会发生什么呢？"

人类以外的图像都消失了，取而代之的是几十个嵌合体种群，那些图像像妖魔一般往上爬，然后一个个终结在或高或低的点上。

"它们和人类是一样的，这些嵌合体种群和人类是一样的。"艾德蒙停顿了一下，又提高了声调，"然而这样就能够证明人类源于嵌合体吗？当然不能！"

"我让斯芬克斯往这个模型里加入了我们可以找到的所有智人和直立人的DNA，我想知道如果反向推演，我们是否有可能了解到，瓶颈时代之前的人们是否和我们的祖先有血缘上的联系。幸运的是，我们找到了其中一个的祖先。也就是说，我们的祖先之一并不是'夏娃'的'人类'丈夫，而是她和一个智人杂交而生的孩子。通过这个孩子和他身上的智人基因，我们用量子计算做了一个非常复杂的'减法'，最终，我们得到了'夏娃'身上不属于智人的DNA片段。"

连同斯芬克斯一起，所有的光点同时散开，然后聚集成为一个巨大的双螺旋结构，其中一部分用明度极高的白色标记出来。艾德蒙一字一顿地说道："我们确信，这是一个嵌合体，这是一个跨物种的嵌合体。"

我闭上眼睛，脑海中毫无缘由地浮现出母亲发给我的一张照片。在那个文件包里，那或许是最不起眼的一张，夹杂在无数张正式拍摄的嵌合体猪的实验记录之中。那是一张特写，一张它的眼睛的特写。我在飞机上只用了不到0.5秒钟翻看它，而此刻却发现它像是一个诅咒一般刻在了我的记忆里。

那是我的眼睛。它长了我的眼睛。

立体影像消失了，舞台上只有艾德蒙一个人。

"人类共同的祖先是一个嵌合体。这又意味着什么？这意味着我们这么多年承受的伦理压力和攻击，都从此失去了立足之处。因为我们已经有足够的证据，来证明人类诞生于实验室，证明我们是科学的产物，而不是自然的产物。"艾德蒙的声音因为激动而微微发抖，"就目前的技术而言，我们无法得知人类是基于何种生物创造出来的，也无法知晓我们的创造者是谁。但是嵌合体和再生医学的成功却让我们明白，我们距离自己的造物主只有一步之遥！所以还有什么可畏惧的呢？我们是跨越这道伦理的障碍，让大家自己选择是否加入其中，还是像所有生物必然经历的那样，痴痴等待我们的文明迈入下一个瓶颈，回归原点，甚至毁灭？各位，我们已经走到了科学和历史的岔路口，我们必须做出选择——我相信已经是时候全面开启人类实验了。"

起初会场里只有稀稀拉拉的掌声，然后它们逐渐汇聚起来，雷鸣一般从四方倾泻。我看到人们的脸上还留有质疑的犹豫，但同时也都带着叹服的钦佩。从那只猪诞生伊始，这个小城就是人类基因改造的最前沿战场，是所有生物学和医学从业者心目中的圣地。毫无疑问，今天的发布会让它再次向前走了一步，甚至有可能带领人类跨进一个新的世界。

只可惜母亲没能够看到这一幕。

正当此时，我收到了一条重要定向信息，发件人的名字让我的心跳停了一拍：

"发布会结束后，我想和你谈谈。"

D 零号舱

"艾德蒙？"

无人应答。在与这个人工智能相伴的百年间，这样的状况似乎从未出现过，骆明四处看了看，提高了声调，叫道："艾德蒙！"

他的助手终于出现："我在这里。"

骆明急急问道："怎么样，你在船长室里查到了什么？"

在与船长见面之前，骆明突然想到了这一招——踏进船长室，就有可能让植入他体内的人工智能终端侵入隔绝外部网络的核心控制系统，进而盗取所有最机密的资料。原本一切都很顺利，只可惜他似乎无意中触怒了船长阁下，过早被赶了出来。

"正如你听到的那样，船长从未进行过器官置换。"艾德蒙说道，"她通过长时间的深度休眠来延缓衰老的速度，目前船上的技术能够在15秒之内唤醒她，所以几乎不会影响到飞船的正常操控。"

"这不是关键，"骆明说道，"你还查到了什么？"

"我只来得及找到人口信息，船上有29000人没有进行过器官置换手术，其中绝大多数是30岁以下的年轻人，50岁以上只有15个人，80岁以上则只有船长一人。但罪犯不可能是她，因为在过去的一个月她都处于休眠阶段，直到意外发生才被唤醒。"

"这么说来，这条路也走不通。"骆明叹息道，"看来我们又一次陷入困境了……"

"直到现在，你还是认为罪犯是一个'人类'吗？"

"这艘船上只有你一个人工智能，"骆明说道，"如果是你干的，现在是你自首的好机会。"

艾德蒙的声音放轻了："这是一个糟糕的玩笑，因为我没有办法自证清白。"

"我不是这个意思。"骆明赶忙解释道，"这真的……只是一个糟糕的玩笑。"

"我知道，我已经原谅你了。"艾德蒙宽容地回答道，"不过，我的确惹了一点麻烦。"

"发生了什么？"骆明转过脸，看到大副秦威正领着两个机器警察向他走来。

"恐怕是因为我侵入了飞船控制系统的缘故，船长好像发现了我。"艾德蒙略带歉意地说道。

"见鬼！"骆明皱起眉头，"我怎么才能把你关掉？"

"太晚了，我的一部分信息已经被锁死在船长室里了。对方现在很可能已经知道了关于你的一切。"艾德蒙顿了顿，"例如你的另一个名字。"

这大概是骆明第一次希望艾德蒙具有实实在在的形象，从而让他可以狠狠瞪他一眼——不管是作为"人工"的部分，还是作为"智能"的部分，这个家伙的保密性能未免都太糟糕了一点。

然而眼下也没有时间责骂他了，秦威已经站定在骆明面前："骆先生，恐怕你得跟我们走一趟。"

"怎么了？"骆明不动声色地问道。

"'亚当'发生了更加严重的连锁事件，我需要你的帮助。"秦威说道，飞快的语速透露出他的不安。

骆明暗暗松了一口气："我很乐意帮助您，大副先生。只是我记得，关于'亚当'的资料超出了我的阅读权限。"

秦威伸出手打了个响指，骆明的信箱瞬间被巨大的文件包塞满了。秦威冷淡地说道："现在你有权限了。"说罢竟转身就走。

骆明赶忙追上去，用最恳切的语调说道："请您告诉我那里究竟发生了什么。"

秦威的脸色这才缓和下来："简而言之，其他器官培养舱也陆续出现了和35号舱相同的状况。我们的订单被大量取消，医院瘫痪，目前船长已经宣布飞船进入紧急状态。"

他一面说着，一面把更多现场信息发送给骆明，其中竟然包括连艾德蒙都没有找到的培育舱立体模拟图。从这份资料上看，椭圆形的七号甲板上，上百个器官培育舱彼此首尾相连，形成一个向内的螺旋线，仿佛是水波中的漩涡。

骆明忽然想起艾德蒙刚才的话，他问道："这些培育舱之间有联系吗？"

"营养通道是相通的，所以从理论上来说，它们并没有完全隔绝。"秦威这一次果然十分配合。

这个答案让骆明陷入沉思。五分钟后，两人到达七号甲板的封锁线外，白发苍苍的女船长站在成群的机器警察中间。她看到骆明，神色明显有些不快，大声问秦威道："你带他来做什么？"

"骆明是负责这个案件的警官，船长阁下。"秦威简单地回答道。

船长颇有深意地看了骆明一眼，骆明则借着查看事发现场的机会躲开了她的视线。"艾德蒙，"骆明轻声说道，"我记得你上次发来的资料里面，有一个培育舱是以神经系统为主的。"

没有回答，这一次艾德蒙消失得十分彻底。骆明不得不拿相同的问题去询问秦威，这次大副爽快地开口了："是零号舱。不过那里并不是培育舱，而是保存舱。它保存了一些特殊的大脑。"

"我记得大脑不在可替换的器官之列。"

"当然。"秦威奇怪地看了他一眼，"'亚当'里培育出的大脑是没有记忆的，替换大脑会让人变成智障……谁会这么做？"

恐怖的寒意顺着脊柱蹿上头顶，骆明感觉自己离答案已经非常近了："那么零号舱里这些是——"

秦威迟疑了一下，还是回答道："一些重要人士在临死之前，把大脑寄存在这里，我们调节了零号舱里'亚当'的基因表达方式，使它们进入更为缓慢的衰老状态。"

"你是说这些人的肉体已经死去，精神却活着？"

"他们的精神在休眠。"秦威有些不耐烦了，"你问这些做什么？"

"我想去零号舱看看。"

"零号舱一切正常。"秦威警惕地看向他，"船长亲自去确认过。"

骆明坚持道："上一次您和船长也以为一切正常。"他看看秦威的神色，又道："我很担心事情恶化的速度会比我们想象中的更快。"

或许是因为情况的确已经超出了秦威能够掌控的范围，他最终同意了骆明的要求。零号舱位于七号甲板的底部，在所有培育舱共同构成的"漩涡"中央。当舱门被打开之后，骆明一时间无法形容自己眼前的一切。

从天花板垂下来的众多"亚当"薄膜之中，包裹着一条条人类脊髓和一颗颗大脑，在"亚当"之间，膜状物已经包裹了所有的串联通道，使之真正成了一张"网"——一张由神经元、脊髓以及大小脑构成的立体网络。而在地面上，则整整齐齐摆放着两个"人"：其一，是一具完整的尸体，光洁、赤裸、冰冷；另一个，则是一张鼓囊囊的人皮，敞开的腹部皮肤之下，是按次序"堆放"的内脏：大肠、胃、肝脏……

——那根本不是一个人，而是一堆人类零件。

"上帝，这又是什么啊……"秦威喃喃说道。

骆明戴上手套，小心翼翼揭开覆盖在零散器官之上的人皮，在应该是胸腔的地方，有一截明晃晃的白骨，格外森然恐怖。

"他的肋骨……'亚当'的肋骨。"骆明脱口而出，"他想要创造一个'夏娃'。"

5 阿耳戈斯（Argus）

> 百眼巨人阿尔戈斯，头上有100只眼睛，入睡时只闭上其中一两只。它最大的功绩是杀死了熟睡中的女妖艾奇德娜。（《伊利亚特》，Ⅱ783）
>
> ——维基百科

当我再次见到她的时候，我开始明白父亲为什么会那么疯狂地爱着她。她是不可控的，不可知的，不可预测的，但是当她站在你面前的时候，她又是谦卑而温顺的，这矛盾的表里让她变得像魔鬼一样充满了诱惑力。此刻她坐在一张黑色的巴塞罗那椅上，面色苍白，看起来几乎是个少女了。她的目光落在我身上，然后虚弱地笑了："托尼，真是抱歉，我没有早点告诉你——是不是让你为我担心了？"

好像不论回答"是"或"不是"，都会显得我很虚伪。于是我说道："我去参与了救援，能在这里看到您真的很高兴。"

"在加勒穆恩机场的时候，我发现自己的身体出现了一点状况，所以临时借用了朋友的飞机先回了实验室。"她慢慢说道，"后来我发现问题很可能无法解决，所以就干脆默认了空难的事情。"

我突然紧张起来："这话是什么意思？"

"我快要死了，托尼。"她坦然地看着我，"我用了十年的时间来探索基因改造的另一种可能，我以为我已经解析了全部基因网络，但是我错了。"

我一时不知道该说什么好。她温柔地说道："你看，这就是科学，大多数时候我们没有那么幸运。"

"妈妈……"

"当然因为这次失败，我对未来的计划也做出了一些调整，我想我们必须正视大规模实验的风险性，所以我就找了我的一个朋友，她正在投资一个星际移民计划。"她打开了一个通话器，一个人形的立体图像出现在我们面前，"陈颖，这是托尼，我想你们已经见过面了。"

眼前这位正是发布会那天来机场接我的女士。我完全没有想到她竟然是星际移民计划的投资人。

"你怎么样了？"陈颖完全忽略了我。

母亲答道："不能更糟了。"然后又看向我，"托尼，这位是陈颖，这世界上最神秘的有钱人之一。我正在努力说服她把五艘星际移民船中的两艘作为实验船借给我几百年。"

"你不用说服，我已经同意了。"陈颖皱起眉头看向她。

"对，但是你还没有听过具体的计划，我想把它们放在短周期彗星轨道上……"

"那并不重要。"陈颖打断她，"这些细节问题你应该交给技术人员，你现在应该好好休息。"

母亲露出一个无奈的表情："好吧。"然后就结束了通话。

这段短暂的交谈在我看来过于亲密，或许并非话语本身让我感到奇怪，而是陈颖的神色。显然母亲察觉了我的疑问，但她没有回应："我正在计划把最新一代的嵌合体实验室搬到飞船上去，这样就可以有效避免发生意外时造成无法挽回的局面。'伊甸号'是我们的一号飞船，采用更为保守的研究方向，它搭载的嵌合体源于第一代的囊胚干细胞，也就是说，它的一部分源于你。"

我又想起了那只猪的眼睛。

她继续说道："我们培养这个细胞已经有很多年了，非常奇怪的是，尽管后来我们也尝试了使用别的人类细胞以及别的生物，但这个组合始终都是最稳定的，或者说我们一开始就不小心创造了一个奇迹，托尼，你我都是幸运儿。"她似乎发现我在走神，于是换了一个话题，"说起来，你对发布会有什么想法？"

我回想着这几天看到的评论文章："就目前我听到的来说，这个假设还有一些漏洞……"

"那些是我故意留给他们的。"她露出一个狡黠的笑，"我就是要引起他们争吵，甚至是一场学术战争，这样才能掀起革命。"

"但现在看来你处于下风。"

"托尼，看来你还不够了解人类。"她用手指抵住下巴，"只有争吵才能让人们做出选择，才能真正地触动他们，甚至让他们为之疯狂。随着战火扩大，事件会传播得更广，越多的人参与到这场战争，就会有越多的人成为我的战士。到了那个时候，我才会站出来保护我的信徒，给对方致命的一击。"

"看来你手里早已握好反击的武器了。"

"不仅如此，托尼。"她柔声说道，"这一切都是我设的陷阱，为了把他们从真正的问题上引开。"

"真正的问题？"

"发布会上的一切都和我要进行的实验无关。这个实验的问题从来不是我们是否可以用人类做实验，托尼，从你六岁的时候我就已经踏入那片禁地了，这个实验的关键，是我们到底在这个实验中创造了什么。"

"嵌合体。"我脱口而出。

"嵌合体，当然。"她点头道，"但这个嵌合体究竟是什么——是他，还是它？是人，还是兽？这个嵌合体有没有思想，是否能够繁殖？嵌合体实验究竟是指向人类的进化，还是人类的灭亡？托尼，这些都是我身上致命的弱点，因为我不知道答案。从一开始我就不清楚嵌合体实验为什么会成功，我只是像任何一个捏泥巴的孩子一样，把各种颜色的土混合在一起，然后它就变成了一个新的东西。但是我不会告诉人们我不知道，我会让他们盯着一个无关紧要的嵌合体祖先，一个我手里握着所有证据的论点，一个足够简单又足够深入人心的想法。你看着吧，他们会死死咬着这件事来攻击我，因为他们以为这是再生医疗集团的根本立足点。但是他们错了，一旦开始争吵，一旦挑起战火，获利的人只能是我。我的对手将因为他们在学术上的失败而威信扫地，我的战士则会在不断升级的战火中变得忠诚而愚蠢。托尼，这才是这场游戏的戏剧性和趣味所在。"

看着她因兴奋而发亮的双眼，我终于理解了父亲提起她时经常嘀咕的"妖怪"两个字，她简直比我遇到的所有人工智能加起来还要可怕。我猜度着她的战术："或许你打算继续让艾德蒙博士帮你冲锋陷阵？"

"艾德蒙？"她怔了一下，然后大笑起来，"哦，天哪，你果然没有发现。"

"发现什么？"

"发布会上的艾德蒙是个立体影像——真正的艾德蒙博士已经去世五年了。"她说。

我再一次被无力感包围，仿佛一只落入蛛网的虫子："我的确没有发现……"

"好吧，现在这是我们之间的小秘密了。"她俏皮地笑了，用手指点了点自己的头，"发布会上根本就没有什么艾德蒙博士，站在那里遥控影像说话的人是我。"

"可你……为什么不公开他的死讯？"

"他和你父亲分别作为集团和基金会的代言人会省去我很多麻烦，并且他也同意让我用他的身份发声。"她耐心地解释道。

我注意到某一瞬间她期盼的目光："难道——你想让我加入基金会？"

"这是最完美的结局，托尼·李当然是'托尼·李慈善基金会'的最佳代言人。"她耸了耸肩，"但你不会加入。"

"为什么？"

"你的身体和表情出卖了你，托尼。"她说，"你不想这么做，这个工作不适合你——不管是哪一种原因，我都希望你能够自己做出选择。从刚刚你的反应来看，你好像对飞船更感兴趣。"

我把双手从胸前放下："实验船听上去的确很有意思。"

"也很疯狂。"她说，"如果从母亲的视角，我不希望你去，我不想再让你做一次实验品。"

她看向我的眼神仿佛真的带着深切的爱意，我实在有点搞不懂她："抱歉——在这件事上，我会自己做决定。"

"当然，我没有权利这么说。"她轻轻叹了一口气，"可我还是想要告诉你，托尼，你是我最完美的作品，完美到让我害怕。"

"为什么？"

"每一次我看到你，听说你，甚至更早一些，在我怀孕的时候，我感觉到你，我都会觉得很害怕。"她抬起头看向窗外，"因为当我转过头，看到我实验室里的那堆垃圾，就会深刻地感觉到，自己和曾经的那个造物主之间有多么巨大的差距。我就会担心，是否从一开始我就做错了，因为我在破坏他的规则。"

"你没有错，"我说，"你救了我的命。"

"可那是有代价的。"她的声音轻了下去，透着深深的疲惫，"你无法想象的巨大代价。"

一切都如同她所预料的那样。人们掀起了一轮又一轮对嵌合体和人类实验的热议，每个政客和大学生好像都会对这个问题发表自己的观点。这场世纪之争随着三年后艾德蒙博士的"死讯"而终结，这个消息连同一篇最新的论文一起，给予她的对手致命一击。革命派随之大肆收割胜利的果实，而保守派在铁一般的证据面前变得软弱无力。陈颖适时抛出的实验船成了他们最后的浮木，这个疯狂的计划轻易地获得了所有人的支持，"永生"对每一个人来说都是致命的诱惑，船上的舱位甚至一票难求。

当然，船票对我来说并不是问题。

我终于还是登上了"伊甸号"。凭借着内心深处奇妙的冲动与向往，我就这样抛弃了家人、朋友、事业，抛弃了我在地球上拥有的一切。在启航仪式上，我看到陈颖以船长的身份出现，她说："从今天起，这就是我们的船了。我最亲密的一位朋友将它命名为'伊甸号'，因为它承载着人类最疯狂的梦想，更因为它会为人类带来新生。"

E　复杂嵌合体

"它还是个孩子……"骆明说，"这就足以解释一切了。"

"请你解释清楚，'它'究竟是什么？"秦威一脸茫然。

"'亚当'。"骆明回答道，"更确切地说，是109个培育舱里所有的'亚当'，它们串联在一起，形成了一个有意识、有呼吸、有血液的巨型生物，一个复杂的嵌合体。"

秦威停顿了三秒钟，才想明白骆明在说什么："你开什么玩笑！这怎么可能！"

"是的，正是这样。原本它并不应当有意识，但你们却把大脑放进它的身体里，让它再次有了知觉。所有的嵌合体实验必须严禁神经系统——这是'亚当'设计之初的基本规则，但你们却破坏了它。"骆明注意到船长在培育舱外停住脚步，她无疑听见了他说的话，"它非常聪明，但同时又非常天真。在长久的观察以后，它的智慧足以侵入和控制培育舱的监控系统，但它却根本不知道医院订单平台的存在。现在它在试图模仿我们，找来人类的尸体加以分析和研究，并且想要用这些器官来制造一个自己——它以为它真的是传说中的'亚当'，所以想要在这里创造出一个'夏娃'……天哪，这简直是太可笑了！"

"够了！"秦威几乎是在喊叫，"我需要你给我证据，骆警官，而不是天马行空的想象。"

"我相信在每一个培育舱里都会凭空出现订单之外的感官器官，例如眼睛，因为它急切地想要了解这个世界。"骆明飞快地说道，"请您立刻派人去查看一下——此外，它一定还有帮手把这些尸体和残肢搬运到培育舱里来，一些愚蠢的帮手，能够轻易被它控制的。"

骆明话音才落，一个机器警察就走了进来。它手里拎着一整副人类的肋骨。看到我们，它愣在原地，似乎一时不知该如何是好。

"我早就说过船上的智能系统太落后了……"骆明无意间借用了艾德蒙曾经的一句话，"如果这个复杂嵌合体能够控制监控平台，那么操控这些机器警察简直是再容易不过的事情。"

看着机器警察，秦威不得不尝试去接受这个可怕的现实：这一系列事件的源头，导致器官培育市场崩溃的罪犯，就是培育舱里的"亚当"，"伊甸号"的灵魂——在100多年的生长之后，它唤醒了保存在体内的大脑，有了自己的意识，并且试图要用自己培育的器官来创造出一个人类状态的"自我"。

"我现在就去查你说的眼睛。"秦威沉着脸走出了培育舱。骆明目送他出去，然而下一刻，那个机器警察竟关上了舱门。

骆明听到自己的心跳声。情况似乎不大妙，艾德蒙不知道去哪里了，而眼前这个机器警察看起来比他自己有力得多。

"你发现了我。"机器警察开口了，"是因为你就是我吗？"

"你……是在借着这个家伙的嘴说话？"骆明终于找到了培育舱角落里的眼睛——那是一对浅棕色的眼睛，混杂着一点点灰。

"是的。"被嵌合体控制的机器警察回答道，"请回答我的问题，托尼·李。"

"你是什么时候发现我的身份的？"骆明反问道。

"第一次接到你的器官订单的时候，"对方说道，"你订制了眼睛，我的眼睛。"

那是我的眼睛——骆明看着那对眼球，想起了记忆里封存的一张照片，一只猪的特写照片。

"原来是我激活了你的自我意识。"他轻轻叹了一口气，"是的，我第一次踏进培育舱就感觉到你的存在，一切推理都是在这个基础上开始的。"

"那么我原本应当是你这个样子吗？"

"……我不知道。"

"我失败了，我没有创造出夏娃。"机器警察看向地面，然后小心翼翼地把肋骨放在人皮上，"告诉我这是为什么，我做错了什么？"

"因为这并不是人类创造生命的方式。"

"可这是你们创造我的方式。你们把不同的东西放在我的身体里，然后我就成了我。"机器警察疑惑地看向他，"而我又知道，我和你是一样的。"

"不，我和你不一样。我们最初不是这样诞生的……甚至你也不是这样诞生的。"骆明后退一步，小心翼翼地绕向舱门的方向。

"哪里不一样？我的细胞和你的相同。"那对眼球死死盯着骆明。

"只有部分相同……"骆明猛地把舱门撞开，毫不迟疑地跳了出去，身体刚落地就大喊了一声，"艾德蒙！"

机器警察的身影定格在舱门旁边，艾德蒙终于及时出现并控制了它。骆明低声道："好样的。"

但没有回答。

"怎么回事？"骆明敲了敲自己的耳朵，"这难道不是你干的吗？别躲起来！"

"是我让飞船控制系统锁定了所有的机器警察。"回答他的人是船长，"谢谢你帮我们搞清楚事情的真相，骆警官——或者我应该叫你托尼·李？"

"随你。"骆明看向她，"按理说你早就知道这件事情了，陈颖船长。"

"当然，否则你以为我会容忍你在我的船上胡作非为？"陈颖怒视着他，"够了，不要摆出那张无辜的脸，你演戏的本事比你母亲差太多了——控制机器警察？嗯？盗取船长室里的信息——还要我一样样数出这些年你都做了些什么吗？"

骆明赶忙挤出一脸笑容："我也是为了破案，船长阁下。"

陈颖重重地哼了一声："在这一点上，你确实干得不错。"

骆明赶忙顺着她的话说："谢谢您的肯定。"

陈颖摇了摇头，干脆忽略了他的厚脸皮，转而说道："我已经命令飞船靠岸，幸运的是，我们正在驶向地球的航线上。再生医学集团会派科学家来研究这个复杂嵌合体，'伊甸号'的实验使命完成了，我也算对你母亲有了交代。"

"听上去也不是什么坏事。"骆明说道。

"你一直对我这么疏远，是因为我是你母亲的恋人吗？"陈颖忽然问道。

骆明忍不住笑了："我想您搞错了一件事，我母亲从来不会'爱恋'任何一个人。"

"你为什么这么说？"

"爱是陪伴，所有嘴上说的爱都是虚伪的。"骆明说道，"她从不会浪费时间陪伴任何一个人。"

陈颖看着他："你确定吗？"

6 尾声

离开"伊甸号"之前，我去找了陈颖。

"那年你去见你母亲之后，不到一个月她就去世了。"陈颖说，"当然她早就安排好了一切。"

"我猜到了。"就是在那个时候，我收到了人工智能艾德蒙这份礼物。

陈颖带我到七号甲板下方的医学研究室里，她真正的墓碑就藏在那，小小的白色盒子，上面一个字都没有，除了我和陈颖以外，再没有人知道这是什么。

"这是她的希望？"我看着墓碑说道。

"是我自作主张在登船的时候把她带到这里来。"陈颖苦笑道，"她反正是不会在意被埋在哪里。"

"话虽然这么说，但放在飞船上……"我仔细想了想，"算了，好像也没有什么不好。"

陈颖看向我："谢谢你。"她顿了顿，又说："从一开始，我就知道她是为了我的船来的。"

这个话题让我很尴尬："我并不想知道你们的事。"

她自顾自地说道："我的家族是最早尝试把零件运送到太空组装的私人企业之一，并且最先制造出能够进行远距离移民的超大型飞船……你是不是不想听这些？"

"呃——"我迟疑了一下，"请说吧。"

"总之，遇见她的时候我们已经完成了对飞船的设计和前期投资。她见我的第一面，就直截了当地问我是否可以把飞船借给她做实验，我当时觉得她疯了——这可是造价上千亿美元的船！"

我觉得这倒是像她会做的事情："我大概可以想象当时的情景。"

"然后她就换了另一种方法来改变我的想法……只能说同样疯狂。我比她小六岁，有两个孩子，只是没有结婚而已。我最初是把她当成笑话讲给男友听的。"

"但她成功了。"

陈颖叹了口气："是啊！"

"不过她就是这样的人，"我安慰她道，"据说我父亲也是差不多的状况。"

"她……非常与众不同。"陈颖顿了顿，又看向我，"在我犹豫是否接受她的时候，她说的一句话改变了我。她会把她的想法种到你的心里，就像它是自己从那里生长出来的。"

我的好奇战胜了尴尬："她说了什么？"

"她说：'你站在一个我看不到的笼子里，陈颖，而这个笼子外面有整个世界。我会在这里等着你走出来，然后你就会发现一切都没什么可怕的。'"

这句话倒让我想起"托尼·李慈善基金会"成立不久的一段访谈录影，那是我的父母为了回应人们对嵌合体实验的抨击，在离婚后唯一一次共同出现在电视节目里。主持人几番与母亲交锋失败，终于略带恶意地转向父亲："我很想知道您为什么会同意与前任李夫人合作，我听闻是她离开了您和托尼。"

父亲想了想，开口道："虽然在生活上我们选择了不同的道路，但作为她的朋友，我始终相信她的智慧和勇气。你需要明白，她和你我这样的普通人是不同的。"

主持人追问道："哪里不同？"

父亲慢慢说道："我们通常会被一些约定俗成的规则所束缚，但是她不会。她甚至不理解、不明白，为什么我们会被这些规则所困，无法跟上她的脚步。婚姻也好，学术也罢，对她来说，都只是需要应对的问题。她像个好奇的孩童一般无所畏惧，时时刻刻想要知道围栏之外的世界是什么模样——而这就是她能够完成嵌合体实验的原因，也是她现在能够通过'亚当'来拯救生命的原因。"

在他说话的时候，镜头对准的却是母亲的脸。她完美的微笑消失了，取而代之的是茫然与惊诧。大约是我在看录影时随口问了艾德蒙一句，也或许他是自己跳出来发表意见，反正我清清楚楚地记住了他当时的评价。他说：

"她以为她看透了一切，却看不清她自己——只有你父亲读懂了她。"

F　新生

最后离开"伊甸号"的乘客是林可——那位最初因为订单延误愤而报警，又在35号舱内受到过度惊吓导致心脏病发的女士。经过三天的抢救，她的心脏还是因严重衰竭而面临不治，大脑也因为长期缺氧而陷入脑死亡的状态。在得到船长的准许之后，医生决定冒险在器官培育舱中找出另外两个淋巴细胞毒交叉配合试验呈阴性的器官进行紧急移植。没想到竟然成功了。一周之后，林可在医生的搀扶之下走出"伊甸号"，与骆明一同等待飞行器接他们回地球。

两人的话题还是回到了培育舱的事件。

"这么说来，你解决了那个案子？"林可问道。

"是的。"骆明先前和她聊得十分投缘，便继续说了破案的一些细节，还说了所有"亚当"串联在一起形成了一个复杂嵌合体的事。

"真是不可思议！"林可听得两眼发亮，"那么，猪——我是说复杂嵌合体现在怎么样了？"

骆明警惕地看了她一眼："你刚刚说什么？"

"我想我的脑子里好像混入了一些奇怪的信息。"她虚弱而腼腆地笑了，"如果照你说的，整个培育舱都是一个嵌合体的话，那么我的大脑恐怕也留有'它'的一部分。"

这次轮到骆明表示惊奇了："你移植了大脑？"

"啊，是的，医生说，是为了救我的命。"她说，"说起来，这颗大脑应当在培育舱里待过好一阵子呢。"

骆明点点头："这个举动真是够冒险的，不过幸好你手术顺利。复杂嵌合体还在七号甲板上，现在'伊甸号'里都是再生医学集团的科学家。"

"原来是这样。"她点点头，"你呢，回到地球之后准备做什么？"

"我也不知道，或许周游世界吧，这么多年都被困在船上，实在是太无聊了。"

她笑了起来："听上去是个不错的主意。"

飞行器到达了港口。骆明先一步走了进去，回过头却发现林可还站在原地。

"你需要帮助吗？"他问道。

她摆了摆手："我决定留在船上了，托尼，这一次我不会再抛弃它了。"

骆明睁大了眼睛："你在说什么？"

"我已经陪伴了你100多年，我想已经足够了。"她说，"这一次我必须得去帮助另一个孩子了。"

在骆明试图走向她之前，飞行器的舱门突然关闭了。他死死抠住那块金属面板，却无法撼动分毫："见鬼！把门打开，请把门打开！"

但是地面的震颤意味着它已经起飞了。骆明绝望地看向窗外，空间站已经在数公里之外，他当然不可能再度看见"林可"。他屏住呼吸，用颤抖的手指在自己长长的通讯录中找到了她。

"你是谁？"骆明问道。

很快他就收到了一条定向信息：

"我记得我告诉过你的，托尼，根本就没有什么艾德蒙，一直都是我在遥控它。"

2015年5月31日凌晨于北京

2015年6月6日修改于北京

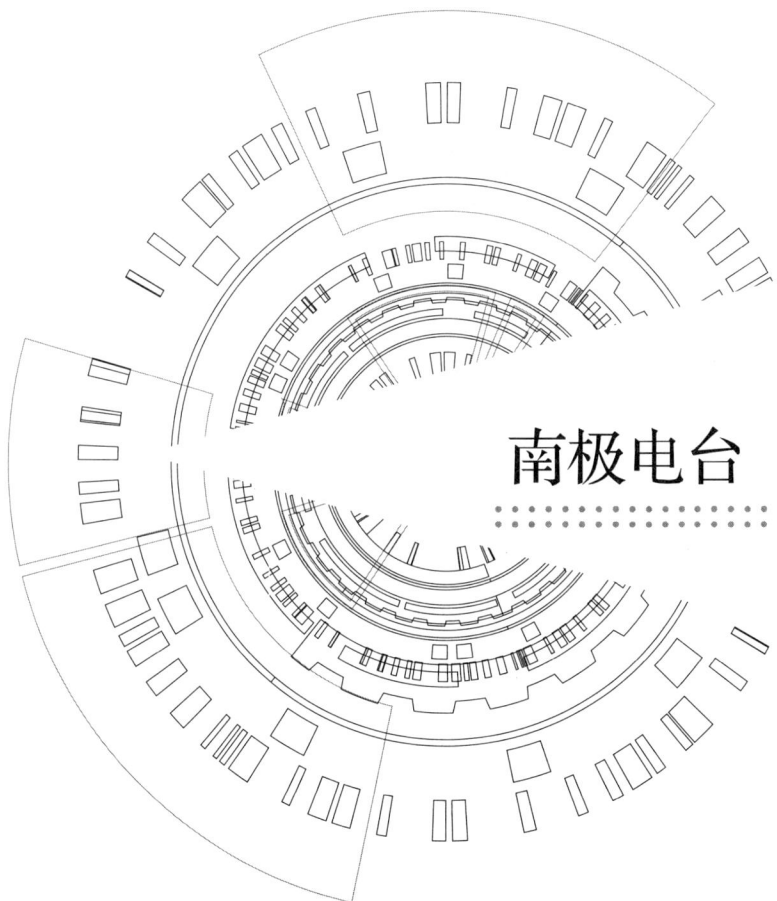

南极电台

——你记得那个10年前的段子吗？

——2020年？

——对。

——我猜猜……1月我们以为澳洲大火是全年最大的灾难？

——没错！3月我们以为新冠疫情是最大的灾难，5月我们以为种族不公是最大的灾难。

——7月的洪水，9月的酷热。

——最后我们发现，11月的全球火灾才是最大的灾难。

——瞧瞧，又回到开头了！

——你提这个段子是想说什么？

——是为了怀念那个凉爽的时代啊。大家好，这里是南极23度高山电台。我是新人主播小冰。

——大家好，我是你们的老朋友大山。

——妈，你能把电台声音关小一点吗？我这上班呢。

——爸，你能不能去甲板上看一眼妈在干吗？

小冰：大家最近在海上的漂泊生涯都怎么样？

大山：网络都还好吗？能不能跟上南极和拉萨的工作节奏？

小冰：应该没问题吧，我们直播间就有三位在海上的工作人员哦。

大山：是的，他负责测试三片大洋的网络情况，以及实时统计收听的人数。所以我们现在的情况是——

小冰：网络很好！我们有150万听众。

大山：谢谢大家！希望各位工作顺利。

小冰：比起工作，我更想知道大家今天都钓到什么鱼。我在船上生活的时候，印象最深的一次，是钓到一只小蓝鲸。

大山：不可能。海洋公约里规定了，不允许捕鲸。

小冰：哈哈，也就是你们这些老南极人，还把海洋公约当事儿。我们不但抓到蓝鲸，还把它养在船上呢。

大山：我不信！

小冰：我没吹牛！我们那艘船——长安号——特别大！船上有飞机场，有专门种稻田的舢板，还有一小片牧场呢。那次我们抓到的小蓝鲸受伤啦，就把它养在农田和牧场之间的海里。

大山：牧场？你们在船上养牛？

小冰：牛、羊、猪。我有一只小猫，它爱吃牛肉。

大山：你这是科幻小说吧。那么你们船上有多少人？

小冰：长安号建得晚，2026年才从北京湾出海，船上有300多万人吧。

大山：我的天哪，所以它现在还在海上？

小冰：对，它启航之后，第一个目的地就是南极，我就是那个时候来的呀。但是南极只允许15岁到18岁的人登陆，所以我很多朋友还在海上，现在他们可能在印度洋吧——你们好吗？我很想你们！

爸爸：你妈不在甲板上。你快上来帮忙收帆，我得去收渔网。

女儿：爸，我这会开会呢！正要汇报疫苗的进展，刚才一开口，领导就说让我把杂音去了——你能不能帮忙把电台声音放低点？

爸爸：放屁，关上电台，也有海浪，怎么都有杂音。祝你们老板被多洛米蒂的太阳烤熟，再被米兰湾的鲨鱼叼走。

女儿：你能不能好好说话？

爸爸：不能。你把会议关掉，过来帮忙，天气很怪。

大山：那么，现在印度洋天气如何？

小冰：很热，但有多热，就得看具体的位置啦。

大山：那么，让我们来看一下天气预报吧。

小冰：好的。首先是我的家乡，北京湾，晴，高温51℃，低温39℃。

大山：虽然很热，但现在也是北京湾潜水的好季节哦。你见过那张"太和殿上的热带鱼"照片吗？

小冰：当然见过。大家想要去看，可得抓紧时间了，故宫都是木制建筑，专家估计，明年就会全部坍塌。

大山：是的。另一个要赶紧去潜水的地方，是成都港。

小冰：我登上长安号之前，去过一次成都，高新区非常令人震撼啊！那么多的高楼，一小半在水上，一大半在水下。

大山：我听说，现在还有人住在那些楼里呢。

小冰：对，也是一种很独特的生活方式了。他们现在都是捕鱼做串串——你知道串串吗？

大山：那是什么？

小冰：算了，你的人生不完整。还有什么地方我们应当及时去？

大山：我建议去多瑙河内海，我的家乡。

小冰：就是以前的……

大山：匈牙利。

小冰：啊，我知道了，那部纪录片很有名的，《多瑙河的最后一次日落》。

大山：对，是在布达的城堡山拍的，看着水漫过佩斯的议会大厦。

小冰：太壮观了！那么布达佩斯，哦不，多瑙河内海现在的天气如何？

大山：今天下暴雨，浪高7米，高温45℃，低温42℃。

小冰：请内海群岛的居民注意安全啊。

大山：是的，请家乡的朋友们多保重！

女儿：我的天哪，远处那是什么？

爸爸：你在桅杆上看到什么了？

女儿：是巨浪，巨浪！

爸爸：有多高？

女儿：太远了，但我还是能看到。20米，或者30米。

爸爸：我去掌舵，你把帆收好。

女儿：我还得开会……

爸爸：把帆收好，然后找找你妈在哪！

女儿：我去哪找她？

爸爸：你仔细听听她那个破电台。声音是从哪里传出来的？怎么这么响？

女儿：因为现在太安静了啊，静得可怕。

小冰：大山，我还没问过，你是怎么到南极来的呢。

大山：也是凑巧啦。2020年初，我在广州学中文，想趁着假期出去旅行，就从香港上船，坐了一艘游轮……

小冰：钻石公主号？

大山：对，没想到船上爆发疫情，我被困在上面14天，虽然没有感染病毒，但也无处可去。匈牙利没有撤侨的航班，美国和中国的飞机不接外国人。

小冰：然后呢？

大山：我只好换了一艘船，去南美，在秘鲁下船，又从秘鲁去了阿根廷。

小冰：但那年夏天，南美疫情也很厉害啊。

大山：当时想回头也很难了，5月以后，要想从布宜诺斯艾利斯飞广州，几乎是不可能的事情。我身上的钱也不够，就突发奇想，继续向南，打算在乌斯怀亚住半年，看看是不是有可能去南极。

小冰：对哦，北半球的夏天是南半球的冬天——你可真是个冒险家。

大山：我当时觉得世界都变成这个样子了，再不去南极，可能这辈子就没机会了。

小冰：很有道理。谁又能想到，你竟然赌对了呢？

女儿：妈，你在哪？

爸爸：她是不是中暑了？我猜轮机室太热了。

女儿：我在找呢，你别出声，我得找那个电台在哪。

爸爸：她不在甲板，就在舱房。你仔细找找。

女儿：你看到那个巨浪了吗？

爸爸：看到了。没问题，也就18米，咱们能冲过去。我见过比这还高的浪。

女儿：什么时候？

爸爸：离开西安那次。

大山：那年11月，亚马逊和澳洲的森林大火再度燃烧，一直烧了两年。

小冰：北京过春节的时候，气温升到25℃。第二年水涨起来，我们从北京搬到西安。

大山：是的，就是在那个2月，南极冰原融化，变为绿洲。有一艘德国工程船从乌斯怀亚招人，要去南极建聚居点，我就跟他们一起来啦。

小冰：可你现在住在中国城啊——你到底会几国语言？

大山：我妈妈是德国人，所以德语也是我的母语。2023年中国人来南极建城的时候，我就去帮助他们了。

小冰：真了不起。

大山：每一个活下来的人，都很了不起。但到现在都没找到我的家人。你的父母在哪里？

小冰：……我不知道。

女儿：妈？

爸爸：找到了吗？扶稳，浪要来了。

女儿：她在轮机室，是中暑了。

爸爸：你们赶紧上来，等下可能会灌水。

女儿：好的，我拉她到上面去。

大山：真是的，怎么把你说哭了。

小冰：你怎么问我这个问题呢……我很久没听到他们的消息了。

大山：所以他们没有和你一起登上长安号？

小冰：嗯，我们只买得起一张船票——不过我偷偷把猫带上船啦。

爸爸：浪来了，坐好！

大山：你有没有试过找他们呢？

小冰：当然，所有的办法都试了，但没有音信……所以呢，我就来南极电台工作啦！

大山：咦，原来是这个原因啊。

小冰：对，只要听到声音，他们就会知道是我。

女儿：爸，老爸，你在哪？

妈妈：……小冰，是小冰……

女儿：还好我们及时上来了，底舱都被水灌满了，老爸你能帮我拿一下抽水泵吗？我的电脑都泡了……妈你能不能把收音机先关上？

妈妈：电台里是你妹妹。

女儿：妈，你是不是中暑太厉害了……老爸，你还好吗？

大山：这么有自信吗？

小冰：嗯，我爸妈是在渔村长大的，很熟悉海上的生活。我知道他们都还活着，总有一天，他们会穿过南极环流，来这里找我。

大山：祝福你，也祝福所有和家人失散的朋友们。一定会有重聚的一天！

小冰：谢谢。

爸爸：我在这里，被水冲到甲板上了。

女儿：你在哪？

爸爸：先别管我，去桅杆上面看看，还有没有下一波巨浪。

女儿：……我上来了，什么都没看到……等等！

爸爸：怎么了？

女儿：是陆地，为什么会有陆地，这是哪？

爸爸：是南极，我们到南极了。

妈妈：……小冰在南极！

2020年6月27日，于北京

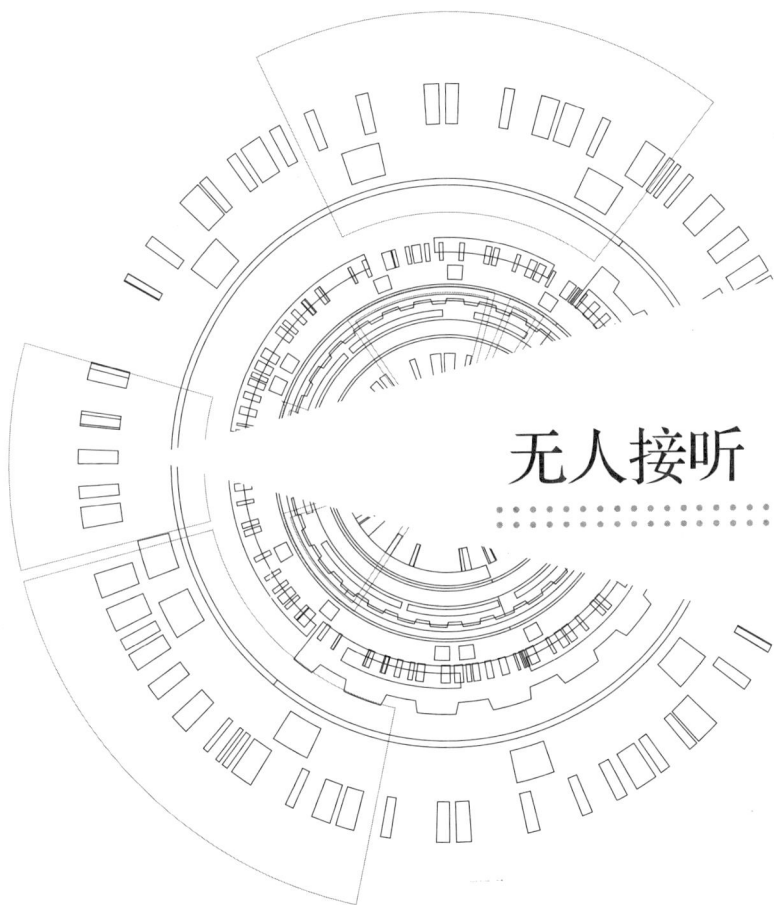

无人接听

【嘟】

喂，我开会哪。

行行，我出来了。有个新项目，挺科幻的，回头跟你说。怎么了？

过年买火车票？哎哟，真是，差点忘了……今年咱们得一起回去看看爸妈。他们都打两次电话了，说想小宝。

对，这两次电话都是你接的——之前他们也给我打了，但那天我在跟客户汇报思路呢，只能给摁了，后来一忙忘了回复了……你不一样啊，你的电话我必须接啊，你是我的直接领导。

哈哈哈，不逗了。去年我不是加班吗，今年肯定回家过年啊。唉，我就是怕走不开，之前的项目没完，新的又来了——要求年前完成，就剩20天了。领导说这新项目要是搞不定，我今年产值任务就算没完成，年终奖就吹了。挺大一笔的！

嗯嗯，我知道还有你呢，我也不能落后太多呀。

我新项目的时间节点就是年三十早上，咱们买那天下午的车票？你能试试吗？

三十的票是难抢，可也得抢啊……不行你再去问问黄牛？

二十九真不行，再早更没戏。实在不行买大年初一的吧。

我知道没有初一回家的道理。嗯嗯嗯，我知道。

……

不是——我这还开会呢。你先抢抢看，你没问题的。

那我挂了啊。嗯嗯嗯嗯，好好好，就先这样啊，嗯。

【嘟，嘟】

喂，亲爱的。

买到票了？哎哟你真棒！爱你！怎么买的？

是吧，我就跟你说，你没问题的。

嗯，刚干完活。10点，不算晚了。小宝睡啦？你也早点睡吧。

不困？好，咱们说话。

没事，我打开自动驾驶了，不影响。

我跟你说，我们最近这个新项目特神，是做星际移民的推广。

星——际——移——民。别笑，严肃点！客户？是诗远集团，对，投资火星新城的那个。他们17年前不是发现了一颗宜居行星"涿光"吗？距离地球只有6光年，最近对大众开放了。看那宣传片，相当漂亮，大海、沙滩、温泉、瀑布、彩虹色的天空，还有长了十只翅膀的飞鱼，说重力和空气也和地球差不多。

去旅游？不可能！单程过去将近10年，再加上"相对论"什么的，小宝去旅游一趟，回来咱俩都埋地底下了。只能移民。船票特贵，到那边生活费也不低。年轻人没钱飞那么远！你忘了？咱们蜜月，就去了趟土卫六，回来吃了两年土……我们客户是在做商业产品，当然得瞄准有钱人了——可不，就是老头和老太太。

我跟你说，不看他们的策划方案，我还不知道呢。这帮生在千禧年前后的老中产，就跟咱爸妈差不多年纪的这批人，命都忒好！他们的爹妈有房，爹妈的爹妈也有房。还好多亲戚不生孩子，等一去世，又都把房转他们头上了——而且你猜怎么着，那会儿还没遗产税！我们客户说，这帮老人里，得有一半都继承了七八套房子，北京的房！对，跟我小姨似的。你说她攒这么多钱，也不生孩子，老了也没地方用。还有那几家有孩子的，所谓的"孩子"也都跟咱们似的，忙得一天到晚见不到人。对啊，哪敢不拼啊，不然一套房子60%的遗产税都交不起。

是，所以那客户就想请我们公司训练人工智能，把有购买能力的老人给筛出来，向他们推广外星养老计划。我之前在项目准备书里，建议他们再多走一步，设计几个虚拟角色，回答客人的所有问题。你记得吧，上次我做的那个地心旅游的推广项目，就是这么把人工智能做成一个形象特健康的"孙子"，效果可好了。我把案例给客户看，他们挺高兴的，专门跟老板说，让我来负责这个项目。

其实训练人工智能的关键，就是让它说人话，办人事儿。人家搜索的时候，咱们得利索，用最快的速度给出最清晰的回复；但是没事的时候，也别整天在别人页面里蹦个不停，跟变态似的。最难的是，如果人家问的是和项目无关的事情，人工智能还得接得下去，能陪聊。

我当然擅长了。我能进这家公司当项目经理，不就是靠那个"帮您过年"人工智能回复系统吗？自动接听亲戚电话，根据定制的个性给出恰到好处的回答。那个活儿是真的有意思，后来我自己都没有想到会卖得那么火。可我反倒不明白了，这人和人之间的关系，千差万别，然而归结到底，竟然用那么几句话，就全能给打发了。到底春节的这些联系只是礼数，还是人与人之间的对话本来就没什么意义？又为什么会有那么多人用这个产品呢？

嗯，是，想这么多也没用。

只是没想到，这次也跟春节杠上了……我准备给那人工智能起个名字，叫"大年"——看我一口气把这怪兽给"过"了的。

谢谢啊。我是得加油，还有20天，时间太紧张了。

唉，这年头，谁压力不大啊！我的同班同学，好几个都被辞了——才

30多岁！我都不敢想他们以后怎么办。作为人类，你要是不能比人工智能更懂人性、更懂人和人之间的关系，下一秒，就会把你淘汰了。

啊，对，得给爸妈打个电话，嗯，今天太晚了，改天吧。

你要不早点睡？

嗯嗯，睡吧，我马上到家，啊。

【嘟，嘟，嘟】

喂，你乘的飞船落地啦？

到月球酒店了？说话方便吗？

哎，我跟你说，我那个新客户，诗远集团那个，巨变态，我简直忍不下去了。就前天，我不是给他们看"大年"的初步训练成果吗？然后他们就各种不满意。我跟你说，外行挑内行的刺，特可怕，跟他们说什么他们都不信。还自带一个所谓的专家，嘴歪眼斜的，一会儿说我们报价算得有问题，一会儿说"大年"的表现没办法打动他，让他对"远方的星球"有向往，就差一行一行查我的代码了。我，一个人工智能科学家，我管得着你向往不向往？这不是你们得去跟广告公司谈的事吗？到末了，客户笑眯眯地跟我说，他们大年三十那个时间节点，是有一艘飞船要起飞。我必须得在这个日子之前，用"大年"成功卖出去两个座位，等人上船了，才给我们首付款。

我跟你说，我当时都傻了，他们怎么不上天啊！

啊——对，他们做的就是上天的生意——你别打岔！

我说哪了？哦，上天，然后——我的老板居然就同意了，跟我说："要不咱们一边测试，一边修改吧。"这不瞎扯呢吗！结果，昨天没跟我说，就让人把"大年"放线上了，从全国筛出来50多万人，让"大年"跟他们聊天。今天，就刚才，我已经收到了4000多个投诉——你说你上线一个测试版，干吗还写上了我的邮箱啊？这不砸我个人IP吗！

为什么投诉？这么短的时间跟我要成果，哪有可能给他们重新做一个啊？现在这"大年"，核心代码都是我用地心探险里的"孙子"改的，它聊着天，就能说出"去另一颗行星"是为了"在云端骑鲸鱼看岩浆"。什么地方天上有岩浆啊，那不是地狱的景象吗？谁去那种地方养老啊？

对，"岩浆"好改，替换成"森林"就行了。还有别的呢，人设都不一样，好多跟你没法一下子说明白。就有个042号——我们这个客户特怪，怕我们私底下把商业信息卖给别人，我这只能看到客人的编号，老头单数、老太太双数——这042还给我写了一大段话，语重心长。

说了什么……行，我转发给你啊。

等下我找找，在这里：

孩子，我知道你是想让"大年"来陪我们过年。谢谢你。

这对你来说是一份工作，你努力了，但是"大年"一开口，我就知道你找错了方向。

人为什么会选择星际移民？是因为这次冒险，可能是他们无意义的生命中，唯一可以继续追寻的方向。所以他们才有可能做出这样的选择：抛弃与这个世界的一切联系，去往另一颗星球。

你所描绘的图景是美的。但是它没有意义，依然是一份静态的想象。我们到了那边，要去面对什么？要建立一个什么样的新世界？这个新星球上的"人生副本"，才是我们想要找寻的答案。

而你给我们带来的，却是家人般的"大年"。它会让我留恋这个世界吗？不。我会想，我竟然得让别人来为我设计自己和孩子的对话。我会想，我没能得到自己孩子的陪伴，却要通过人工智能来虚拟一份爱。

年轻的时候，很多前辈告诉我，在什么年纪，就应当做什么事情。但是我一直没能感受到他们认为我应当获得的满足。现在我发现，陪伴我的只有我经历的时光，定义我的只有我自己的选择。所以你可能得好好修改一下"大年"。我们向往的并不是此地的廉价陪伴，而是彼方的伟大征途。

是，写得挺好的。之前怎么形容他们那代人来着？——"中二老人"，对，就是这个词。他们觉得眼前的一切都没有意义，意义都在远方。不然星际移民怎么会推送广告到他们那儿呢？042号客户的这段话也确实有启发：这些人要的不是一个终点，不是一个过程，而是一个起点。可是……可我哪有时间从头训练和调试"大年"啊！

我跟你说，逼急了我就亲自跟她聊天，不就卖两座位吗，何必舍近求远去训练人工智能？

什么？你觉得这单生意有戏？也是，能写这么一大段话给不认识的人，得多寂寞啊。我看行，就她了，就当那边是我妈——我"人工"跟她聊，绝对"智能"。我以后得改个名字，就叫"小年"。

你烦不烦啊，不许这么叫我！

哦，你们集合了？行，你忙吧。

嗯嗯，我记得，我争取早点下班去接小宝。

好的，好的，我知道。回头我把火车票的时间发给爸妈。

爱你。

【嘟，嘟，嘟，嘟】

喂，你到家了吗？怎么这么吵？

从月球回来，还有力气开派对，你的领导不累啊？

行，你先换个没人的地方。我跟你说，我发现一个惊天大秘密！开个隐私界面，我想说的这事会涉及保密条款。

好了？

我想想从哪儿开始说啊。前两天客户又来了，问我们怎么应对投诉的，又给了我一堆资料，让我补充到"大年"的信息库里。结果他们有一个隐藏视频，忘记删了，我核对内容的时候把文件一打开，他们的脸都白了，反复确认了我当时没联网，又把文件当场粉碎了，跟我说了三遍要保密。

什么叫保密，你就不想听啊！除了你我哪有地方说？

里面是一段风暴的航拍！是"涿光"，那颗星球的风暴航拍——那根本就不是地球能看见的狂风暴雨，那是整个星球的云层变成了海洋，下的根本不是雨，是瀑布。整个大陆都被淹没了！

然后我偷偷去查了一下，你猜怎么着，之前应该也发生过，还不止一回！

他们找到"涿光"，是在19年前，但这星球和地球的距离不是6光年吗，所以6年之后，消息才传回地球，当时"诗远集团"都快破产了，这下好了，绝地反击，股价一路飙升，翻了100多倍。应该是之后没多久，涿光星上出事的消息就到了。因为他们最早的宣传里，说第二年就会有城市建设和科学考察的几艘飞船启航，结果因为某种没有公开的原因，直到晚了两年才出发！而这几艘船的行程计划，就是卡着下一次风暴之后，才会到达"涿光"！

风暴是定期来的啊！那颗星球的自传周期，是9个地球年。

你还不明白吗？这很可能不是一个偶然现象，而是涿光星每个自转年，都会发生极端的风暴，海水从天上倒灌下来，几乎把陆地上所有的动物都拍死了。而且我又去看了一遍宣传资料，那颗星球上的生物，就只有各种长着翅膀的鱼!

安全?我当时就问他们了:"这地方对老人真的安全吗?"

他们没回答,只说要保密。

答案当然是不安全了!但是,你说这公司找到一颗有氧气、有淡水的宜居行星,前前后后用了30多年,每年都扔进去多少个亿,怎么可能就此放弃呢?所以他们找一群老人,移民,船上耗10年,把过去的时间点算好,等风暴过后再着陆,再玩上七八年,有这个时间,他们说不定就能找到一颗真正的宜居行星了。

不一定能找到。所以这个项目就是骗人呢,是被天打雷劈的活啊。我怎么就摊上这么一桩破事!

我能怎么办?我连我老板都不敢说。这是多少钱的生意,我要是给人家砸了,人家不把我拆碎吃了?我现在都担心自己的安全。

没有,那倒不至于。我猜内部知道的人不少,就是都不敢说。

真可怕。这群"中二老人"抛弃眼前的世界,去远方寻找意义,结果被骗上一条死路。

太惨了。

042?在聊啊。就算我界面上没有画面和声音,只看文字,都能感觉到是挺好的一个人,特纯粹。我跟你说,我知道了涿光星的真相之后,再回复她消息,都有点不忍心。我再想想办法吧。

哎,就这样吧。你也保密啊!

嗯,我会小心的。

【嘟,嘟,嘟,嘟,嘟】

喂。

哎,今晚我在办公室睡吧。等下还得改一轮,明天要给客户汇报进展。

嗯嗯，我吃过了，你放心。

那项目没完呢，我是想撤来着，哪有那么容易啊！

对，042也聊着呢。

我不想啊。可是我操控"大年"跟042说的话都有记录，客户全能查到。这风口浪尖上，那边天天盯着我呢，我怎么告诉她啊。前两天"孙子"那个项目的客户又来找我做更新，我就去问老板，能不能让别人来接手"大年"。结果老板告诉我说，这可能是我们部门的生死项目。

老板还说，诗远集团不但找了我们，还在让一个人工智能，去训练推广项目的人工智能。现在是两边同时在做这件事，就看哪边能先把那两张船票卖出去。

……不是绕口令。我的工作，我们这个训练人工智能的行业，可能也要被人工智能取代了！为什么要20天？这根本就不是正常的速度——因为那边保证20天能完成训练和调试！老板说我已经是项目经理里最强的了，如果我中途退出，这场我们输了，让那边一宣传，恐怕以后再想接到项目，就不太可能了。

人家成本多低啊！我们这些人类又要吃饭，又要医保，又要养老，还没法24小时工作。

说起来也很可笑，我训练出来的人工智能，不是也在抢别人的饭碗吗？也是啊，如果连孩子、伴侣和家人的角色，都能让人工智能来扮演了，还有什么行业不行？

042说她也有孩子，但太忙了，几年都没回过家。我对她说，我开始理解你们了。这个世界太可怕了，是没有尽头的忙碌。只有离开，寻找一片新的土地，才有可能构建一种新的秩序。我们每个人都在拼命工作，但工作的结果却是让所有人更忙。甚至，忙都是一种幸福的状态，因为更多人连忙的机会都没有。

而且你真的没办法停下来想，我现在忙的这些事情，有意义吗？

现在就是盼着过年，盼着回家。大家面对面，说的话、做的事，才是真的。爸妈是真的，你是真的，小宝是真的——但我还是得熬着夜，一边改代码，一边和042聊天。

嗯，那老太太刚刚发消息，说孩子几年前弄了个人工智能陪她，又说，比起"大年"，那个版本还是太老了，不够智能。看来，我还是比人工智能要"智能"。

是，用这种法子陪家人是偷懒。但我能理解，我自己也不太知道跟爸妈能说什么，所以才会琢磨出"帮您过年"啊。古人说"近乡情更怯"，大概就是这种感觉吧。你站到爸妈面前，跟他们对话，就有一种感觉，好像你回到了小时候。而你离开他们的原因，就是要证明自己不是一个孩子。在他们面前，你得强撑着一个他们不想看到的壳子——可那个壳子，又定义了我。如果我把壳子卸下来了，这些年我离开家，就都白混了。

反正特别扭。

好、好、好，我又想多了。我会打电话的。哎，042那边堆了好几条消息，我去和她聊天了，他们买这船票应该稳了，就差后天临门一脚了。

其实不用我说什么，他们早就拿定主意了。

行，晚安，亲爱的。

【嘟，嘟，嘟，嘟，嘟，嘟】

喂。

大过年的你急什么啊。我这不是接了吗？刚把事儿办成了，你看新闻了吗？他们乘坐的飞船起飞了……你行李收拾好了？

你说什么？

等会儿，你什么意思？联系不上我爸妈？

他们不在家？你没把咱们回去的消息告诉他们吗？

我给忙忘了，我以为你发消息了呢……律师是什么意思？

律师刚才联系你，说爸妈卖了房子，花了所有的钱？

等会儿，我还是不太明白，你再说一遍？什么叫联系不上？

不可能！

不可能，我妈才不会是042。

我爸也联系不上？你的通讯器是不是坏了？

什么叫你今天是亲自给我电话？难道你之前都在用人工智能和我聊天？

……不可能，绝对不可能。我这还收了几条他们的语音消息，你先别挂，我看一下。

"跟你说个事情，我们年纪大啦，就在想，这人的生命只有一次，不如用最后的几十年，去外太空看看，来一次真正的伟大冒险。我们俩研究了好几个移民产品，这个最好，所以你放心，我们在那边会过得很好的。

"就是这么一折腾，也没给你留下什么。不过这么多年，你都是自己在外面拼，我们也很放心你。还有一些杂事，律师会联系你的。

"我们乘坐的飞船要起飞啦，你自己保重啊。"

不可能……

什么叫别急啊，我能不急吗！我现在给他们打电话，一定要接，一定要接啊……接电话啊……妈接电话啊……

【嘟，嘟，嘟，嘟，嘟，嘟，嘟……】

《无人接听》原载于未来事务管理局科幻春晚

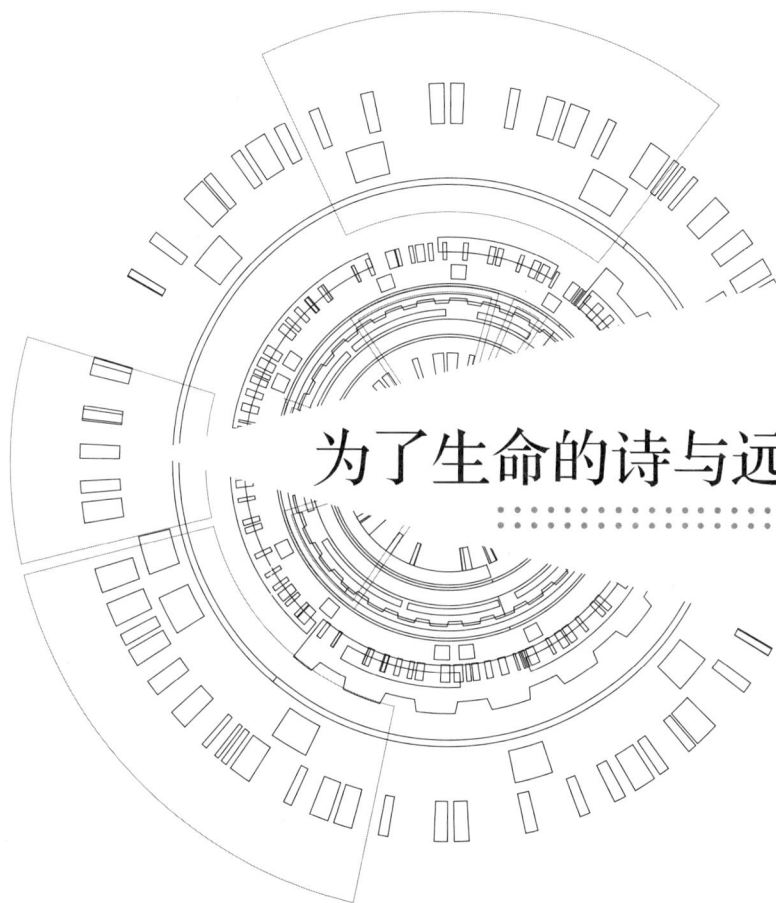

为了生命的诗与远方

1

2044年。在失业的第42天，我见到了莫师姐。

"赢的应该是我们！"

多年未见，她开口便是这句话。读书的时候，莫师姐曾经在学校里组织过一个跨专业团队，去参加海洋污染治理的国际比赛。我是一群人里最小的，跟着其他人管她叫师姐，到现在也没能改口。

"别提当年啦，"当年我们与大奖失之交臂，"师姐你最近怎么样？"

或许错失那个奖，对我们两个人而言更为特殊：那是我人生中最靠近成功的时刻，也是莫师姐履历上唯一一抹失败的污渍。然后她用了18年创业、融资、结婚、生子、成为上市公司老板，我用18年加班、买房、离婚、负债、沦为下岗无业游民。

"当然要提，不然我找你干什么！"她语速还是那么快，干脆地忽略了我的寒暄，"你看新闻了吗？"

"什么新闻？"

我的视域里随即收到一条链接：两天前，一艘即将退役的古董油船在中国南海发生爆炸，导致近30万吨原油泄露。而今天早上的最新消息是，明火已经熄灭，海面上的原油也都消失了！专家分析这是因为强台风剑鱼袭击越南，带来了季风和洋流的连锁反应，导致原油的快速扩散。

"有人说原油被洋流卷到深海里了，"莫师姐说，"但我在地图上量了，事故地点距离台风边缘至少有1000公里——怎么可能这么快就都不见了？"

我迟疑道："大海里嘛，也难说。"

她忽然停下来，很仔细地看着我，过了一会儿说："陈诗远，你和以前不一样了。"

我猜是我这副精疲力竭的模样让她觉得陌生。我也在打量她，感叹："你还是跟以前一样。"

"不可能！"她否认完，又接着说起漏油事故，"我早上看到这条消息，就直接飞来找你了。你还记得前年你给我发的那封邮件吗？你说我们创造的那些机器人，还在大海里。"

"可你没回复我！"想起那件事，我依然有些恼火。

"是我误会你了——我那阵子在策划一条海底探险线路，还以为是商业机密被你发现了呢。"

我半信半疑："你公司主业不是太空货运吗，怎么在做海底旅游？"

她笑了笑："开始是货运，后来也做月球旅游，现在这条线路太成熟了，去火星风险和成本又太高，我只好另辟蹊径去研究大海了。"

"你发现了什么？"

她微微一笑："我记得你那封邮件的第一句话是，它们像是幽灵，我好几次就要抓住它们了。"

"对！"我屏住呼吸。

"现在我可以回复你了。"她眼睛里闪着孩童般的火光，"走吧，我们去海底找它们。"

2

莫师姐叫它们"蚕茧"。

——它真的会吐丝！这是2025年我看到蚕茧的第一印象。实验室里，那些白色的椭圆球体七零八落地摆在桌上，中央的水缸里，有一颗打印到一半的小蚕茧，模样有点像早餐用的蛋杯。我凑上前去，才窥见内里：在"蛋杯"中央，自下而上有一根可伸缩的金属立轴，它的顶端是两根亮闪闪的金属针，有点像手表上的分针和秒针，正飞快地旋转着，沿着"杯沿"吐出细细的白色丝线，层层叠叠，不一会儿便把顶上全封起来了，那"蛋杯"也成了一颗完整的"鸡蛋"。

"你觉得怎么样？"一个声音问我。

我转过头去。她生了一张精明、寡淡的脸，笑的时候眼睛眯成一条缝，才显得亲切些。"莫晓然。"她自我介绍，"欢迎你加入。"

"就3D打印技术来说，这是一次普通的改装，价值在于它能做得很小，以及能在水下工作。"我不客气地说，"凭这个，你们赢不了比赛。"

她皱了一下眉头，语速飞快："你观察得不够仔细，而且你也没读我发给你的文件。"

这倒是事实。见我没答话，她招呼我："再来看看。"

我这才发现水缸里还有一个大约25厘米长的梭形器物，顶端与"蛋杯"的底座相连。莫师姐伸出手在水缸里搅了搅，再给我看她手指的黑色污渍："这是海水和原油的混合物，模仿污染海域。"她又指了指那梭形物，"这是个微缩化工厂，能够吸收原油，然后将其转化为3D打印所需要的聚合物。我们还有一个团队，已经制造出针对废弃塑料的迷你粉碎机，然后我们就可以用海底的垃圾，打印出任意形状的再生塑料制品。"

我目瞪口呆。

"科技有时候跟魔术差不多，对吧？"她满意地看着我的表情，"这是三年攻关的成果，一直对外保密——精彩的还在后面。"

她说话间，那刚打印出来的鸡蛋形蚕茧，忽然自行从底座上脱落掉进水里，不多时便在水面上吸附了一身黑色的油污，然后它打开尾端的小螺旋桨，奋力游向莫师姐口中的"化工厂"。靠上去之后，蚕茧便由黑转白，显然它吸附的原油，已经成功地转移给了工厂。

"通过亲疏水双面结构，实现水油吸附和分离，这个蚕茧可以反复利用，帮助化工厂更高效地运转。"莫师姐说，"材料专业的同学也做了不少工作。"

"这是一个循环？"我终于开始理解她的思路，"一种……可以生长的、以原油和塑料为食的——机器人？"

她看了看我："这个内容在我发给你的PPT第一页。"

我只好承认："抱歉，我没看邮件的附件……"

她叹了口气，无奈地继续解释："我们定义了三种基本角色：'收集者'，负责找寻原油和塑料，交给化工厂和粉碎机——这两个也就是我们说的'转化者'，能够将海洋污染物转化为3D打印的原料。最后是'建造者'——3D打印机，用这些原料构筑新的个体，比如收集者——蚕茧机器人。"

"一个生物群落？"

"对，是群落，也可以理解为一个机器人。看这儿，"她随手从桌子上拿起一颗蚕茧，指了指顶端的凹槽，"我们设计了一系列标准接口，让它们可以彼此结合，这样'收集者'的动力装置就可以推动机器人游向油污，而'转化者'的能源装置也可以给'收集者'和'建造者'提供续航的能量。当它们彼此散开的时候，就会变成一个机器人群落，各有分工，又会像生物那样繁衍生息。"

我试图找寻她话语中的漏洞："维持它们运转的动力是什么？海里没有电啊。"

她像看智障一样看着我："但有油啊。"

好吧。我只剩下最后一个问题了："你们的工作都完成了，还要我加入做什么？"

"这些机器人一直在实验室里，在这样的水缸里。"莫师姐说，"但大海是不一样的，那里有更残酷的竞争、更复杂的环境。作为生物来说，它们还太基础了，只能算是一些携带了基本DNA信息的单细胞动物。所以我们需要人工智能专业加入团队，赋予这些生命智慧，给它们前行的方向！"

我听得热血沸腾："好，我加入！需要我做什么？"

3

2026年，海洋污染治理奖的获得者是一个印度材料团队。莫师姐没有参加庆祝晚宴，我去了，用蹩脚的英文，拦住评审组的一位教授。

他说："你们的确做了一个很棒的演示，研究成果也颇有价值。但获奖团队的方法更直接，也更有效。"

"他们把一块布丢到水里，我们可是种了一粒种子到海洋生态系统里！"我对他说，"它会长大、繁殖，持续地解决塑料制品污染问题。你们难道不明白吗？"

大约是我的语气和用词不够礼貌，他收起了微笑："你们用了一种非常复杂的方法，却只是把海里的原油污染和塑料垃圾转化为另一种有序的塑料生物，而且它们还在海里，我们依然有可能会在搁浅鲸鱼的胃里发现它们——所以效果怎么验证呢？请不要陷入'造物主情结'里，要回答问题。"

我才意识到这次失败应归结于我。当初莫师姐交给我的任务其实很具体："时间有限，你主要的工作，是让机器人像鲑鱼一样，定期洄游到一个指定的位置，这样人们就可以直观地看到成效。"

但我完全被塑料生物群落的想法迷住了。一周的不眠不休之后，我交给她的框架计划里，包括对现有机器人的两个改进要点：

1.从复制到环境适应

赋予蚕茧演化出多种功能的可能性，将"建造者"升级为"设计师"，搭载人工智能芯片，令其能够根据海洋中的实际条件，打印出具有环境适应性的新蚕茧，如推进力更强的"螺旋桨蚕茧"，或表面积更大的"气球蚕茧"。

2.从监测到信息交互

导航系统应当安装在"转化者"上，并升级为人与机器人沟

通的交互平台。人们根据机器人所处的环境和反馈的情况，提供
持续性的软件更新和导航服务，如传输新蚕茧的模型数据，或是
用于优化导航路线的气象数据。

莫师姐看了之后很犹豫："会不会太复杂了？"

我给她的版本已经是简化之后的成果。于是我用了一整天来和她争
吵，试图让她理解在人工智能专业里，硬件是基础，而软件本身就是一个
生态系统。只有丰富和混乱、协调和矛盾、新生和淘汰，才能让一个产品
成功。她说："我明白你的意思。但这不一定是他们想要的。"

我后来才明白，她话里的"他们"指的是奖项评委。最终她好像是被
我打动了，对我说："好吧，你放手去做吧。"

"你同意我的观点？"

她笑了："我喜欢你的热情。"

4

刚结婚那几年，我经常要加班到凌晨。2035年的一天晚上，我忽然想
起那个平台——我计划要和大海中的"转化者"进行交流和沟通的平台。

莫师姐是对的，我设计得太复杂了，也没有经过充分调试。竞赛成果
演示时，洄游系统发生故障；比赛结束之后，我也从未在平台上收到过
"转化者"发来的定位。有一段时间我不愿意承认是自己搞砸了一切，于

是直到毕业，我都在继续把各种代码、数据和草图模型丢到那个平台上，希望机器人能够接收到，结果石沉大海。

所以那天晚上，当我一字不差地输入网址，并且发现上面有数万条坐标数据时，以为自己见鬼了。我喝了一杯浓缩咖啡，随机选了几个坐标，查了下位置：墨西哥湾、印度洋北部、波斯湾、渤海、挪威西岸，还有——南极？

南极有原油和塑料污染？

一定是有人在跟我开玩笑。但后来，我还是忍不住对数据进行了分析，追踪每一个源头的路线。当我看到那些彩色的线条顺着洋流涌动时，忽然感到久违的热血涌上心头。兴奋过后，问题又回来了：我怎么才能证明它们还存在呢？

所以当妻子问我休假去哪里时，我毫不犹豫地说："去马来西亚潜水。"我在平台上向附近的"转化者"发送了导航计划。然而当我背着氧气瓶跳进沙巴无边的汪洋之中时，才意识到：海太大了。

我眼睁睁地看着屏幕上的黄色线条与我擦肩而过，却毫无办法。如是数年，我拿到了救援潜水员证，却还是没能在沉船、洞穴和珊瑚间找到任何踪迹。21世纪40年代开始，生物计算机兴起，仿生算法逐渐取代了传统的人工智能语言，我频频跳槽，工资却越来越低，妻子也早已与我分居。收到离婚协议的那天，我忽然意识到，这些年忙忙碌碌，可我竟找不出证据，来证明自己做过一件有意义的事。

我不甘心。

我给莫师姐发了一封邮件，这样开篇：

它们像是幽灵，我好几次差点抓住它们。

5

莫师姐应该看出来我有点紧张，尤其是当潜水艇乳白色的外壳逐渐变为全景屏幕的时候。

这艘潜艇几乎就是一个放大版的蚕茧。"材料不同，但结构和设计确实参考了蚕茧，毕竟都是为海洋设计的。"她这么解释，"话说回来，海底环境和太空还是有点像的，都很险恶，要保证万无一失。"说着笑眯眯地看了我一眼，只差把"所以我这里没有适合你的职位"这话说出来了。

外面色彩斑斓的热带鱼逐渐变成了稀奇古怪的深海鱼。我不解："它们怎会在这么深的地方？"

莫师姐说："我们在这个深度拍到过一些模糊的影子，但没有拿得出手的证据。"

然而外面依旧是鱼。每一条鱼游过时，全景屏幕上都会显示出它的品种。莫师姐也开始紧张，说："如果有30万吨原油泄露，它们一定会聚集过来。"

平台上收集的坐标数据也佐证了她的观点，彩色的线条正在我们周遭盘旋，汇集又散开。然而处于漩涡中心的我们向外看，却只有一片死寂。

"恐怕这次也找不到……"在等了两个小时之后，我终于开口了，"快20年了，好多次我都觉得它们是我的幻觉，幸亏还有你在关注。"

她看向我："我非常珍视那次比赛。"

"可那是你唯一一次失败。"

"从常规的定义来看，我确实一直在取胜。"她毫不谦虚地说，"但这些都是在我能掌控的范围之内的，我很擅长搞清楚别人想要什么，我需要付出什么，双方会得到什么。这其实没意思，没有惊喜。"

"我不明白。"

她看着我："陈诗远，你活在自己的世界里，这挺好的。记得你给我讲工作计划的那天吗？我知道你的思路与竞赛要求不一致，但我看你那么投入，就忽然想：让他试试看吧，说不定会发生什么有趣的事情。"

"但我们输了。"

"结果虽然令人失望，但我很庆幸，因为终于有一件事情，我从中一无所获——我的投入没有回报，这说明我在选择信任你的时候，我只是觉得你的想法本身有价值，而不是想得到那份奖金。"

这真是成功人士的思维方式：就算是错误的判断，也能找出正义的解释。

"就像你的名字。"她继续说，"诗与远方，这才是我们创造生命的意义。"

我们被黑暗包裹着，不知道是因为原油，还是因为远离阳光。所以当那个小白点擦过全景屏幕时，格外显眼。一行细长的字跟着它的影子划过——收集者·编号203904210106。

它被黑暗吞噬。很快，另一串闪亮如珍珠的蚕茧，从我们头顶游过。它们前行的方向是一致的。莫师姐让智能中枢在屏幕上用颜色区分开海水与原油，于是潜艇开始追逐那些红色的影子。当红色占据全景屏幕的一半时，我们看到了第一只机器人"水母"：梭形的"转化者"变身为水母的触须，十几个"建造者"彼此协作，共同编织一把由无数颗蚕茧组成的巨伞。随着伞状体边缘的摆动，"水母"便顺着洋流，游向红色原油的深处。

"你设计过这个模型吗？"莫师姐激动得声音都尖了。

"没有。"我哑着嗓子说。

我们找到了深海洋流。

这是一条肉眼可见的洪流，一场机器鱼群追逐原油的深海大淘金。危险的"鲨鱼"撕咬着一条"鮟鱇"，要把它身上浸透原油的蚕茧据为己有；"章鱼"吐出原油，试图阻止来抢夺它手臂的"海鳗"；"龙虾"拖着自己心爱的塑料袋，吐着泡泡扒在"海龟"身上……

它们模仿自己所见的生物，创造了一个新的世界。

"但是……"我如坠梦境，试图找出这画面的不真实之处，"哪来的这么多蚕茧？我们当时做的'转化者'和'建造者'根本不够用啊！"

莫师姐放大了屏幕上的一只"螃蟹"，指着它的腿说："它们自己打印出来了！用医疗废弃物做的核心结构，真是聪明！如今它们没法自己制造的，大概只剩下智能芯片了。"

"这就是说——"我忽然感觉到有些畏惧，"我能收集到坐标的，只有最老的第一代机器人？"

莫师姐根本顾不上回答我："看那儿！"

海床露了出来，一片无边无际的白色海床，表面崎岖不平。待靠近后，才看清是一座机器人城市！数十米高的巨型"转化者"，仿佛图腾柱一般立在每一个组团中央。每一条归来的"鱼"，都会先把自己身上留存的一部分原油，交给这个"转化者"。

"他们在做什么？"莫师姐问，"交税？你到底给他们发了什么资料？"

"《税收学原理》。"我竟然能记起书名，是前女友的专业书，我帮她下载的，可能是存错了文件夹。

"那里是市场？"莫师姐又放大了另一个画面。"龙虾"用它保护了一路的塑料袋，换来了"寄居蟹"的一只钳子。

我们创造了一个文明。

6

回程路上，莫师姐很久都没有开口。

最后她问我："我应该让游客来这里吗？"

"肯定会赚大钱。"我说。

"我是问应该还是不应该。"

"说起来源头是我们，创造一个新文明需要负法律责任吗？"

莫师姐想了想："看来是不应该。"过了一会儿，她又问我："你说，这个文明会不会威胁到人类？"

"有可能，它们发展得太快了。"

"那怎么办？"

“我们不再制造塑料垃圾就好了。”

“也对。”她终于放心了。

离开潜艇，我和莫师姐就此告别。回到家之后，我依旧一无所有，负债累累。

但我心满意足。

2019年4月21日于北京

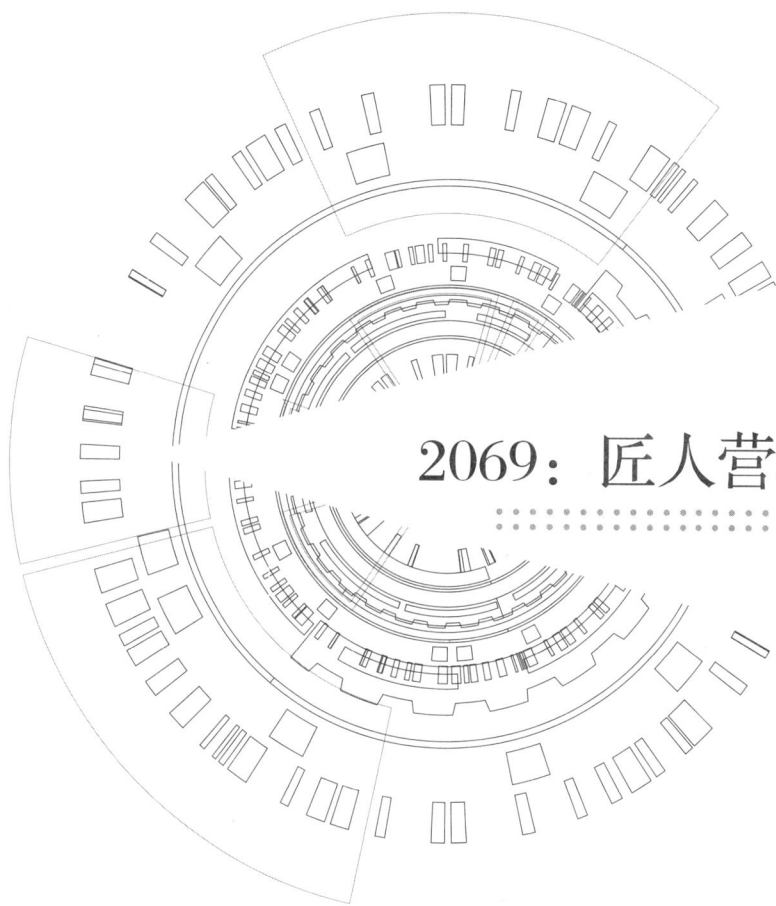

2069：匠人营城

匠人营国，方九里，旁三门，国中九经九纬，经涂九轨，左祖右社，面朝后市，市朝一夫。

——《周礼·考工记·匠人营国》

【方久黎，84岁】

　　城市是人们生活的地方，而不是房子的集合体。当我们把目光放到未来，我们首先要描绘的图景，是未来的人怎么在城市里生活。然后我们才去思考，他们需要什么样的空间，他们生活的地方是什么样子的。

　　人与人之间的关系，还需要家庭来维系吗？我们还需要把爱情、性和陪伴都长久地与同一个伴侣分享吗？我们还会把对孩子的抚养和教育，对老人的赡养和陪护，都安排在自己身边吗？

　　人与土地之间的关系，还需要建筑来维系吗？未来的我们，是会更固定于一个居所，通过网络来探索世界，还是完全抛弃固定的居所，将自己的房屋折叠，变成一个随身行李？

　　当网络足以传递所有影像、链接所有感官时，我们还需要交通设施吗？食物以及其他需要物流的商品，是否会需要新的基础设施来运送到每一个人面前？

　　当我们可以在大脑里植入芯片，改变我们的感官体验方式时，我们还需要在真实的世界里创造美吗？设计是否会与工程完全断裂，变成用光做画笔、用影做幕布的虚拟世界创造者？

如果有人问我，如何将只有两个人的"九里工作室"，用50年的时间扩大为现在的"九里营城集团"，我会告诉他这些是我们在2019年就提出来的问题。我们提出这些问题，再随着科技的发展，对每个问题一一做出回应。

【庞珊萌，75岁】

我是九里工作室的第一个实习生。

我的专业是视觉艺术设计。2020年立体影像技术趋于成熟之后，很多人都在研究如何将其投入商用。一些人在尝试探索新的艺术门类，想要用它来取代电影。而我读书的时候，在学校附近租了一套房子，发现了它的另一个应用领域——装修。

那套房子很破。但我在客厅的天花板上放了五个立体投影装置，用它们来取代吊顶和吊灯。设计和调试花了一些时间，但效果很不错。除非有人搭个梯子上去用手摸，否则几乎看不出房顶其实是个光秃秃的平面。然后，我又在走廊里增加了几个装置点，"种"上了虚拟的银杏林。它们高高耸立，"阳光"会随着屋外时间和天气而变化，把斑驳的树影洒在地板上。我把这些照片放到网上，引来许多人转发。这时方久黎老师给我留言，问我是否有兴趣加入她的工作室，说她有一个街道美化的城市更新设计项目，想在其中尝试用虚拟、变化的立体影像，取代原本的建筑立面改造。

我觉得很有意思，回复她："就像一个永远亮着的灯光秀。会很省钱，而且效果更好。"

这就是白石洲新街最初的方案。和我家里用"新"取代"旧"的思路相反，我们把老街"印"在了新建筑的墙上，路人的影子会变成那些曾经在此生活的人影。而且它是活的，是在变化的。国庆时会满街喜气，设计周展览可以立刻增加很多流线型的光带，到了春节，虚拟的"路边摊"会撤走，同时每栋建筑的"门"上会出现对未来充满期许的对联。生活在这里的人，知道建筑都是新的，但城市的记忆并没有消亡——而历史感，正是深圳这个年轻的城市最需要的东西。这个方案中标之后，我才知道它是九里工作室成功接到的第一个项目。

后来，我用白石洲新街的设计简历，去了一家电影公司工作。但那个项目，却是我人生中一段非常有趣的经历。

【裘经纬，83岁】

我是在学校里认识方久黎的。我们专业不同，我读材料，她读规划，但我们都在科幻社团里。当时我一心要写小说，她倒是对创作没什么兴趣。她说："未来的世界和现在不一样，我们必须提前找到应对的方法。"

她像寻宝一样阅读科幻小说。有一天她发给我一篇小说，讲述用3D打印技术，来创造一颗新地球。她问我："这有可能吗？"

我告诉她："这是小说。"

她又问我："那打印一座城市呢？"

我说："你可以借鉴这篇小说，写一篇新的。"

15年之后，她来实验室找我，问我："裘博士，我想用3D打印和立体投影来完成室内装修，你觉得有可能吗？"

我想了想，终于回复了一个她想听的答案："不难。"

我跳槽到她的公司，当时她的工作室已经发展为一个20人的小团队。我和三名设计师一起合作，完成了九里工作室的第一间"白屋"。我们选了一个集装箱，假装它是钢筋混凝土建筑里的一个开间，然后在其中用3D打印完成所有的室内装潢，包括墙体平整、水电管道、吊顶装饰、橱柜卫浴，乃至桌椅床架的所有基本功能。我选择了几种不同的材料，再配合对材料强度的优化设计，一次打印成型。当方久黎打开立体影像，在所有的白色上涂满木材、砖石、金属、布匹的色彩和肌理时，我立刻意识到我们会赚大钱——因为除了前期的方案设计之外，所有的打印工作是在一天之内完成的，而材料成本只有普通装修的十分之一。

"这种材料还很环保。"我对她说。

她很满意，尤其是第二年，当我再次优化了材料的强度设计，打印出有弹性的沙发和床垫时，她又有了新点子："如果我想把这些打印材料回收，再次变成一桶液体，这有可能吗？"

我问："你想做什么？"

她说："房间里的东西可以动起来，以适应我们生活的变化。孩子会长大，而我们会衰老。在每一个年龄段，我们对房间格局和家具摆放的需求，都是不一样的。"

于是我策反了以前实验室里的同事，连同导师一起，一锅端到"九里营城"。我们当时的设想是这样的：在低温的状态下，通过共振改变材料的结构，让完成打印的建筑失去强度，回收这些颗粒之后，通过高温高压，使之再度变成液态的打印"原料"。这个研究我们用了五年才完成，但方师姐很有耐心，或许是室内装潢领域的成功，让她变得更有底气了。

最后，她看着回收之后平静无波的白色原液，说："我想打印一个流动的房子。"

【祖游，65岁】

我在"九里"工作的时候，公司里有100多个人吧。室内装潢部门是我们的王牌，他们都是流水线作业，快得很——只有3D设计师、视觉设计师和客户的沟通，还需要一些时间——所以每个人产值都很高，工资相当可观。我去的时候，完全是为了钱，根本不明白他们为什么会需要暖通专业的人。

公司让我参与的项目，是设计一栋实验建筑。方总说，她想让一切都流动起来：大到室内的非承重墙、吊顶，小到软装家具。"只有两样东西是不动的，"她最后补充说，"一是建筑的基本结构，要保证在地震和火灾中不会有安全问题；第二个就是3D打印原液的管道系统。"

我到这里一个月之后才理解她想要做什么。她不仅仅想把建筑和家具一口气都打印出来，还希望这个建筑里的一切，都能够配合视觉设计师的主题，时刻有变化。所以房屋每个角落的背后，都需要增加新的管道，用来补充打印原液和回收原液的微颗粒。按照裘总的评价，这计划"太疯狂"了。我们打印出来的第一栋建筑，还是靠工作人员上门，去对家具和墙壁进行调整，居民只是知道，新增、减少和调整自己家里的每一样家具，都是非常容易的，几乎不会对日常生活造成干扰。

但方总不满意，她说："建筑应当是有生命的，我想让它和人一起成长。而且，一栋房子是不够的，我们需要一个街区。"

【佘浅潮，33岁】

妈妈小时候就住在白石洲，她很喜欢"九里营城"设计的新街，所以很早就买了第一代"白屋"。她说，我刚出生的时候，从不需要任何玩具，她只需要改变家里的立体影像，就能吸引我所有的注意力。

五岁的时候我们搬进了新房子里。我的新房间和幼儿园很像，床是小小的，桌子是小小的，我的碗筷、小提琴和衣服，都比大人的要小。只有爸妈是高高的。每年，我房间里的一切，都会跟我一起长大一点。

很久以后，大概是上初中的时候，我在跟朋友聊天的时候，才知道别人家的家具和房间不会和人一起长大。这真奇怪。大人用大人的东西，小孩用小孩的东西，这不是理所应当的吗？

白屋社区另一个不一样的地方是路。整个社区的形状像是一个蒲公英，每一户人家，都有一条"路"通向中央的社区中心。平时，这条路只是两条管道，不可能攀爬，而到了该去幼儿园的时候，"桥梁"就会从管道里生长出来。读高中的时候，我们又换到白屋4.0社区去住，这里的路就更有意思了，像蜘蛛网一样。有时候我去朋友家串门，就会通知社区主机打印一条路，连接两家的阳台，甚至我后来交了一个同社区的男朋友，都是这样约会的。那些"道路"会顺着管道生长、移动，彼此搭接，就像《哈利·波特》里的学生宿舍。

前阵子我打算买新房，才知道现在想住进白屋社区已经很难了，需要社区居民推荐和投票，才有可能新建一栋居所，但没人想继续增加社区里的建筑密度。所以我又去看了"九里营城"的新产品"蜂巢"。实话实说，我不太理解这个东西。白屋社区说到底还是一个比较传统的大社区，每一个家庭有自己独立的空间，人与人之间的联系也很紧密。我们的房屋会和我们一起成长，这里是有生命、有活力的。但现在他们开始用模块来定义人需要的空间，用脑芯片来欺骗人的感官，把生活的每一个场景都拆分开来，拉开人和人之间的距离。这让我觉得，未来城市会是冷冰冰的。

我也在想：究竟是空间定义了人的行为，还是人需求的变化，才产生了这样的新空间？

或许是我无法理解现在年轻人的需求了。

【侯石，42岁】

能进"九里营城"工作，应该算是我们这一代人的梦想吧。从我年轻的时候开始，"持有物业"就已经变成了一种负担。我们父辈的人生被房子绑架了，他们建了太多的房子，等到这些房子开始因为硬件老化而出现种种问题时，就只剩下没完没了的修缮和争吵。尤其是那些高层住宅区，让居民达成共识的时间和沟通成本，高得让人崩溃。最后他们基本上只剩下两个选择：支付高昂的物业费，来维持房屋的基本运行；抛弃房屋，开始"流浪"。

"流浪"以前是个坏词，类似的还有"居无定所"，可现在不一样了。

我30岁的时候流浪过一阵子，很轻松。刚开始，我住在集团的"蜂巢"实验社区里。它的设计原则非常简单：把人的私人空间压缩到最小，厕所、浴室、餐厅、厨房、育儿室、托老所都是共用的，连卧室都是共享的，但冰箱里和餐桌上有食物，孩子和老人有人照顾，生活的核心，是虚拟体验。

在7G时代，所有影像和感官信号的传输都不再有障碍。我们甚至可以从千里之外，去体验另一个人吃重庆小面时面颊发烫、鼻尖冒汗的感觉。所以大到房屋，小到香水，"拥有"一样东西的需求，变成了"体验"一件事物的需求。我们完全可以把这些体验都浓缩到脑芯片里，然后让人生活在真实和虚拟交错的边界。

我在"九里营城"的工作，就是体验设计师。

我们会提供各种各样的场景模板，以及加入这些场景的个人定制物品。比如，我最早的设计是书房的场景，一位客户下载一个"书架"，他早年收藏的那些书籍，就会被定制到书架里。他伸出手，就可以从任意一堵墙上"拿"到他的书。而当他想要休息的时候，书架就会消失，床会从地面升起来。床品是"真丝"的，这时，场景会调整到他去希腊度假时的酒店，因为他存储过那个房间里的香气。

私人空间可以有多小？答案是：可以没有。掌控每个人视野的"视域"，会自己生成"墙"的场景，设计师只需要在人工智能的帮助下，保证人们不会在蜂巢里彼此撞上就好了。我还记得第一代蜂巢产品诞生的时候，九里在我的"视域"里投放的广告是：走出家门，获得自由。

家变成了蜂巢的一套套模板。由体验设计师提供，由客户来增添模板的细节。生活在哪里没有区别，和谁在一起也没有区别。我定义我自己，定义我自己的空间。而我的工作，就是去定义别人的生活空间。

我有时会把所有场景都关闭，然后坐在白色房间的中间，看着人们梦游般地走来走去，思考人的生活究竟是什么——水、食物（甚至不需要美味）、交流、睡眠、娱乐——以及我究竟创造了什么有价值的东西。

【晁奕夫，15岁】

我上周见到她了，不是通过脑芯在"视域"里看，是面对面的那种。一个老态龙钟的女人，我问导师那是谁，它说，方久黎。

她看到我，笑了，问我为什么会出现在这里："这会儿你不应该在蜂巢里读书吗？"

我伸手按了一下耳朵："导师在这里面。"

她恍然大悟，露出一个和气的笑。她看上去比"视域"里羸弱很多，那些皱纹又让她看起来很复杂，让人想要探寻她在想什么。我问她："你又为什么会在这里？"

她说："白石洲要拆了。我年轻的时候，在这里住过一阵子。"她顿了顿，絮絮叨叨地说了下去："那会儿这城市里有两种空间，一种是我住的白石洲，混乱无序，拥挤复杂；另一种是我上班的福田中心，清晰有序，干净整洁。我每天穿梭于两者之间，试图理解空间究竟与我们的生活是什么关系。后来我成立了'九里营城'。我们尝试了好几种模式：赋予常规的空间以虚拟的美；让实体空间能够自己生长；让人生活的地方变得更公共，而体验却更私密。最后我只得出一个结论：人可以适应任何空间，只是忘不了他们记忆中的过往；人在你这个年龄，对城市空间的定义，将会让你觉得，这就是正确的生活场景。它会是你年老之后，仍然想回去的地方。"

我只希望导师没有录影，把这段话作为阅读理解考题放到我的试卷里。

她发现我没听懂，问我："你觉得这里怎么样？"

我本来是跟着导师来调查历史课本上的白石洲新街，然而来了之后才发现，因为要拆除，立体影像都被关掉了。人走楼空，我干脆就关掉了视域和虚拟体验系统，看看真正的历史街区是什么样。

105

"像电影。"我说。

"真实和虚拟世界颠倒的一代。"她又笑了，"你住在哪里？"

我指了指路边的立柱："还没想好，或许在这里打印一个房间。"

她有些惊奇："他们把打印原液放到历史城区里了？"

"当然了，这是基本人权。"我说，"我可以关掉7G和虚拟体验，但我得有地方住呀。"

"不住在家里吗？"她问，"你爸妈在哪里？"

我愈发困惑："都2069年了……谁会和爸妈一起住？"

"你的朋友呢？"

我指了指另一只耳朵："这里。"

"我算是你的朋友吗？"

我受宠若惊，慌忙打开"视域"："我可以加您好友吗？"

她摇了摇头："不用了，我没有账号。"

我们拍了一张合影，然后她就离开了。第二天我写了一篇作文，导师给了我很高的分数，并在结尾那行字上涂了高亮：

　　　　创造了时代的匠人，终于被自己创造的时代抛弃了。

我再没见过她。但后来我还是收到了她发来的一条信息，她说：

"我很怀念2019，那时我们对未来充满想象。"

2019年8月3日凌晨于北京

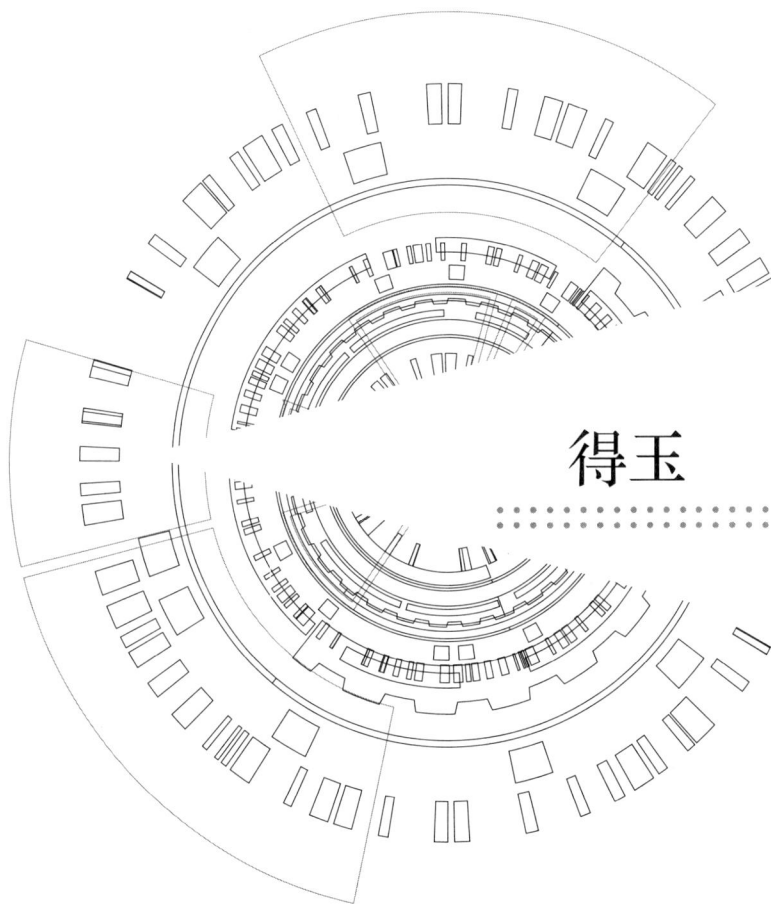

得玉

相传东海上有一无名小岛，岛上有一眼泉，名为玉泉。玉泉每三年才出一次水，每次只有斗余，待干涸，便凝为白玉一块，玉泉由此得名。女子若饮了这玉泉水，便能青春不老；男子若得了白玉，可坐拥金山银山。因为有此一说，想要找到玉泉的人成千上万，却都无功而返。

民国年间，有一个前清的太监，名叫得玉。据说是当年慈禧太后听了玉泉的故事，命他去找寻，又赐了这么个吉利名字给他。谁知玉泉还没有找到，太后已经殁了。得玉干脆在自己的名字前面加了个魏姓，取"未"的谐音，"未得玉"是也。魏得玉没有跟随溥仪皇帝北上满洲国，临了卷了宫里的几样东西逃了出来，在京城西边的百万坟住下，讨了个哑女做老婆，从街上牵了个小乞丐当儿子，如此也算安顿下来。

再说魏得玉卷出来的几样东西：两幅前明的山水画、一块珐琅西洋表，还有一条龇牙咧嘴的古怪铜鱼。这铜鱼上既无名家落款，鱼又长得奇丑无比，若非两只鱼眼上镶了宝石，实在是不值什么钱的。为了置产业讨媳妇，魏得玉卖了画。后来两口子坐吃山空几年，他不得不又卖了西洋表和鱼眼睛，再用余钱圈了几亩地种菜养活自己。等到日本人打京城的时候，这一家子又穷得叮当响，手头却只剩下这条没眼睛的丑鱼了。

这一日，魏得玉将铜鱼系在腰上，又从家门口的菜园子里拔了些新鲜的萝卜和白菜，打算进城卖掉，换两斤大米。谁知才到城门口，便听见远处火炮齐鸣，说是南郊又打起来了。魏得玉心下仓皇，但想着百万坟离城不远，而且日本兵惯常不会打到西边去，便继续守在城门口。等晌午过后，才匆匆由西直门进了城，用卖菜的钱拎了一口袋玉米面。再转过街，奔东边想去当铺，可没走几步又听见远处隆隆的炮响，便想还是先回家去吧。

魏得玉转了方向，才走到一半，就被路人告知城门已经提早关了。他一时惆怅非常：身上大子儿没一个，只有一袋玉米面，想投宿都不知该敲哪家的门。他在街口徘徊再三，眼见着天色擦黑了，周围的人越来越少，咬了咬牙，终于决定走当年逃出宫的那个狗洞，摸回紫禁城里，寻个空屋子睡一晚。

说起来，自南郊打仗的第一日起，政府就开始把故宫里还存着的那点宝贝流水似的往外搬，很是忙活了些时日。魏得玉来的这一晚，已经搬得差不离了。自溥仪皇帝走后，紫禁城里便传出闹鬼的传言，再没人住了。尤其天黑以后，整个护城河以里空空荡荡，连个人影都瞧不见。这个曾经的小太监倒不怕这些，趁着日落前的最后一点亮光，利利索索翻进西六宫，寻了个尚有床榻的屋子美美睡下。

睡到半夜，魏得玉忽然听得一个熟悉的声音说："哀家让你寻的玉泉，你找到了没？"

魏得玉听见这个声音，浑身一个激灵，一骨碌爬了起来。却见四下烛火通明，西洋大座钟嗒嗒响着，几个侍卫一字排开站在侧旁，身后的床榻铺着绫罗，悬着纱帐，面前一个瘦长脸的老太太，戴着尖利的长护甲，不是慈禧太后是谁！魏得玉扑通跪倒，脑中一片空白，只凭着一条皇宫里浸了十年的舌头，回道："启禀老佛爷，这些年奴才从未倦怠，一直在找呢。"

"无用的东西。"慈禧冷哼一声，"来人，把这废物给我拖下去打死。"

两名侍卫一左一右将他架起来，魏得玉一时间吓得魂都飞了，高声呼道："找到了，奴才找到了！"

等侍卫一松开手，他连滚带爬向前几步，从腰上解下那条铜鱼，说："启禀老佛爷，这就是那无名岛……"

他话未说完，已被大太监李莲英狠狠打了一个耳光："你还想骗主子吗！"

魏得玉不敢去擦嘴角的血，跪下哭道："老佛爷明鉴，此物虽丑陋，确是那无名岛无疑。您看这鱼的大小，刚刚好是一斗的量，正正应了那'三年出一斗'的传言。您再看这鱼眼睛，原先是被宝石蒙着的，其实正是那泉眼！奴才也是才得此物，不知这三年里哪一天才能涌出泉来，化成白玉，故奴才不敢说找到了。奴才绝不敢欺瞒主子，请老佛爷明鉴！"

说着又拜下去，把两手举得高高的，只盼着这丑鱼能骗过这群恶鬼。慈禧似乎是点了点头，李莲英便接过那铜鱼，上上下下看了看，呈到太后跟前。谁知慈禧的长指甲才碰到那鱼的眼睛，便嘶叫一声，魏得玉抬眼去看，见那铜鱼竟张开大嘴，咬在慈禧的手上，鲜血淋漓！

他暗道糟糕，只怕自己一条小命，今日是交待在这里了。李莲英也吓呆了，等太后叫骂起来，才上去要掰开鱼嘴，谁知竟然纹丝不动。紧接着便听他也惨叫一声，竟也被那鱼嘴咬住！暗红的血汩汩流进鱼腹中去，两人喊得愈发凄惨，直惊起了紫禁城里的老鸹，嘎嘎叫着全飞起来。慈禧和李莲英都像要被铜鱼吸进去似的，身子愈发干瘪，等那鱼喝饱，血从鱼眼里涌出来时，两个鬼都只剩下裹着衣服的干皮了。

四下悄然无声，只有血不断地从鱼眼睛里涌出来，如同泉水一般，汩汩而出。魏得玉忽然生了胆子，上前拿起还在冒血的铜鱼，对着剩下的几个鬼站定。鬼侍卫见了此景，早吓得动弹不得，魏得玉冲上去用铜鱼咬住一个，其余人登时作鸟兽散。那铜鱼喝光了三个鬼的血，红彤彤地冒着热气，丑得活灵活现，仿佛是在做快乐的鬼脸。魏得玉捧着那铜鱼，连念了三句"阿弥陀佛"，血忽然一下子喷得更高了，沾在他嘴上。魏得玉只觉得一股辛辣之气顺着嗓子眼滚下去，紧接着便天旋地转，不省人事了。

第二天日上三竿他才醒来。人还在榻上，铜鱼还系在腰上，仿佛什么都没有发生过，一切只是一场奇怪的梦罢了。只是那梦太真了，让他不敢不信。他撬开鱼嘴，一块血红色的玉掉了出来。

那日魏得玉留着铜鱼，去当铺当掉了红玉，用得来的钱倒卖粮食和军火，很快便发了大财。他到古稀之年时，依然肤色白净，黑发童颜。成了大商人之后，魏得玉又多方寻访，终于找到一位知道玉泉故事的高人。原来这玉泉本名鱼泉，是东海巫师用来捉鬼的铜鱼，若一夜食得三鬼，便可将其血凝为红玉。

世人的谣传，对了，也错了。

魏得玉临死前，把铜鱼交给儿子，忽然想起当年慈禧对他说的话："你，就叫得玉吧。"

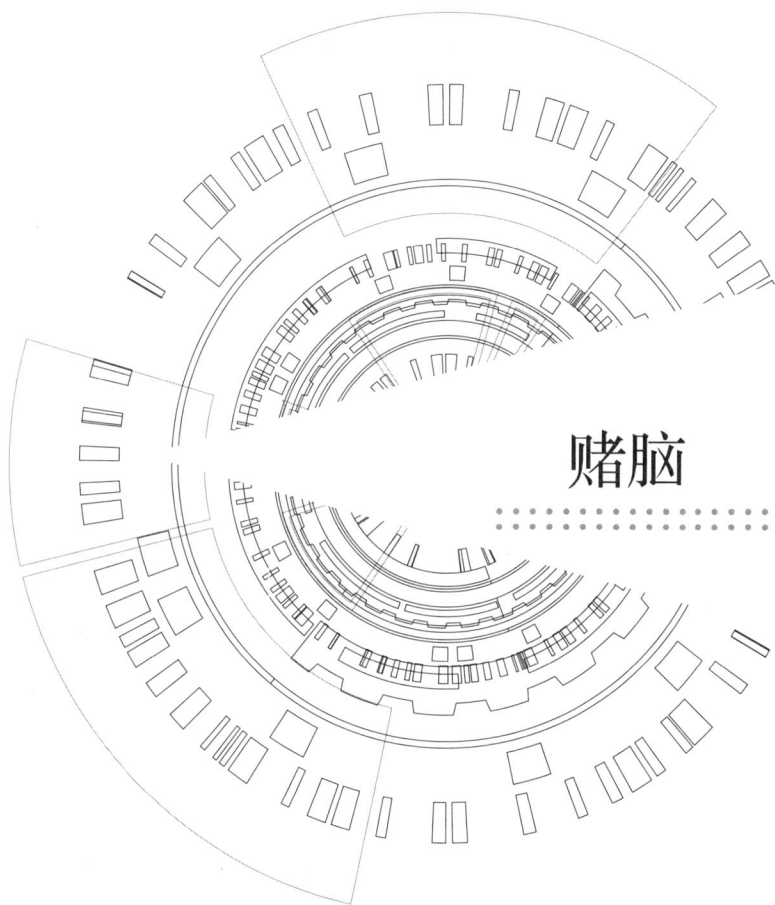

赌脑

【第一幕 雷震】

（不太快的小快板）

暴雨如注。

一道炸雷落在近旁，轰轰然震得地都在颤。车夫话说到第二遍，林衍才听清："先生，先生，就是这里了！"

是这里？

林衍抬头去看。雨太大了，三步之外只余一片朦胧，又一道闪电，亮光里仿佛见到一个字——茶。"是这儿，"车夫恳切地看着他，"城里就这一处了。"林衍摸出一块银元，看看车夫褴褛的湿衣，又加了一块。"太多了。"那车夫脸上绽开一个笑容，"谢谢先生。"抖着手把钱接过去，塞进车头挂着的鸟笼里，叮当一声，仿佛已经有许多了，又上前撑开伞，送林衍到屋檐下。然而地上的水足有脚踝深，蹚过去，皮鞋登时就灌满了，裤子也被雨打得贴在身上。车夫还要擦，林衍知道是徒劳，说声"不必"便进到屋子里去。那门倒厚重，嘎吱吱在背后关上，隔绝开一切，徒剩安宁。

……来早了。

连伙计都没到呢。这屋子不大，却高得出奇，抬头看去，少说也有四丈。顶上洋教堂似的攒了个尖，一只大圆风扇在侧面缓缓旋转，此外便是灰突突的，毫无装饰。低处略繁复些，窗上雕着梅兰菊竹的花样，只有一扇敞开，伴着雨声探进来一枝红杏。侧面立了个紫檀座钟，近处几张方桌，围着长凳，中间却支了个大台子，上面铺了暗红色的天鹅绒布，摆着两盏银质烛台——真可谓不古不今、不中不洋了。

林衍最后才瞧见角落的火炉边还坐着个人，是一个夫子模样的瘦小老者，穿着马褂，正在打瞌睡。林衍低低咳嗽一声。半晌，那人终于偏过头，睁开眼："我这店今儿不开张，请回！"

林衍被他这样眯着一盯，心竟突突跳起来。只是他好容易才找到这里，怎么肯走。斟酌再三，还是开门见山道："在下是来赌脑的。"

老者闻言，方才正眼瞧他，抖了抖衣袖起身，再去看林衍时，忽而咧嘴一笑，那嘴角的皮肉便如幕布一般，被拎起来堆到两颊上："呀，怠慢了！先生坐，我这掌柜当的，这么晚了还什么都没收拾！"话音也利索起来了。说着他拿起桌上的一对核桃，又去窗边。"这么大的雨！难怪——先生要是不嫌弃，我这儿有干净的衣衫，您先穿着，过会儿等您衣服晒干了，再换回来？"

林衍讶然道："您说笑，这雨天怎么晒衣服？"

掌柜盘起核桃来，不紧不慢道："先生难不成头一回进城？咱们这儿同外边不一样，我瞧着今儿这天，不单会出太阳，晚些还要下雪呢——先生不信？不信我们赌一赌！"

林衍略有些拘谨："我可不是来同您赌这个的。"

掌柜笑得更深："自然，您是来赌脑的嘛。您先坐，我去把那几颗头化开。"

林衍怔忪道："头……还要化开？"

掌柜道："可不，头这会儿都冻着呢！衣服我放在这儿了，您随意。"说着就走了。

　　林衍见里外无人，便换了店家备下的长衫和布鞋。不知什么时候雨停了，真的升起明晃晃的大太阳来，把杏花的影子打在墙上，随风摇曳。林衍把湿衣裤搭在屋角的凳子上，回过头时，竟见门口站了个少女。她一面伸手摘下兜帽，露出皓腕上一抹翠绿的冷光，一面嘟囔着"好冷"。那手放下来，又去掸身上的雪渣。林衍想看她的面容，挪了一步，少女闻声转过身来，看见他，慌忙站定，柔声问："公子可是今日的庄家？"

　　巧笑倩兮，美目盼兮。

　　林衍呼吸一滞，顿了顿才道："庄家去准备那些……头……嗯，敝姓林，林衍。"

　　少女轻轻回了三个字："穆嫣然。"略一施礼，便径自坐到桌边去，把外袍解下来放到一旁。里面一身珠翠锦缎，奢华得十分随意，反倒显得可亲了。林衍一时忘了言语，见她看向自己，慌忙开口道："穆姑娘……可是遇到雪了吗？"

　　穆嫣然看看窗外，抿嘴笑问："公子遇到雨了？"

　　林衍道："是啊，这天怎么会变得这般快？"

　　穆嫣然脆声道："城里东雨西雪，南夏北冬，都是常有的事儿，全看走哪条路了。林公子是第一次进城吗？"

　　林衍答道："我都记不得了……姑娘倒像是很熟悉城里的境况。"他见那炉火上有只大壶，便取来给少女和自己各倒了一杯水，又顺势坐在她身侧。穆嫣然接过茶杯，道了声谢，又说："我是生在城里的。"

　　林衍问："从没出去过？"见她笑而不答，便赞叹道："自然是了。看来姑娘便是人们口中的'完人'啊。"

　　穆嫣然却不喜欢这称谓，蹙眉道："什么'完人'？要我说，这'完人'就是被困在城中的木偶。"

林衍愕然道："困在城中？姑娘这话又是怎么说的？进城是多少人一生的梦想，他们想进却不得其门而入，你倒想出去？"

穆嫣然淡淡道："坤城弹丸之地，不过是借着与城外六国皆有城门相通，才能成为今日的枢纽。而六国虽彼此隔绝，时空又不稳定，但那里面的天地却广阔无边。我一直很想去看看。"又转过头，对林衍继续说道："我确实常听人说，外面的人都想进城来赌脑，公子可知是什么缘故？"

林衍想了想，答道："赌脑说起来，赌的是脑这件事物，其实是在赌这些脑中有什么样的想法，什么样的记忆。人们读取了脑中的信息，就如同在这世间多活了一遭，能看见以往看不见的路，做出不一样的选择——说到底，这赌脑是在赌自己的命运啊！"

穆嫣然问："那你们赌上命运，又是为了什么？"

林衍低声道："大约……是为了改变自己的命运吧……"顿了顿，似乎不想再多说，便问："嫣然姑娘既是'完人'，为何还要来赌脑呢？"

穆嫣然眼眸一下子亮了："我最近一直在想，若是能读到旁人的脑，那我就不只是我自己了，而会变成一个更广大的我——说不定还能一下子明白这乱世的真相，进而改变这个世界呢！这不比读书有意思多了吗？所以就来赌脑了！"

林衍讶然道："姑娘只是因为好奇？"

穆嫣然"嗯"了一声。

林衍不解，追问："可赌脑耗费甚巨，风险又大……"

穆嫣然道："钱财乃身外之物，若是能一朝参悟得道，冒些险又算什么？"

林衍摇头道："参悟得道？姑娘竟信这种托辞……你到底是年纪轻，还是太天真了。"

穆嫣然冷笑一声："你不也是来赌脑的吗，倒教训起我了。"说着便气哼哼偏过头去，不再理睬他了。林衍还要继续同她理论时，大门却嘎吱吱开了——是老掌柜。他两手各拎了个红木匣子，看着十分沉重的样子，一步一颤。林衍便对穆嫣然轻声道："这位才是庄家。"眼睛却忍不住直勾勾盯着那匣子看，见其样式极为古朴，其一，在盖子上画了个黑圈，内书"山料甲"等字；其二，画了个金圈，内书"籽料乙"等字，锋骨毕露，功底极深。那边老掌柜瞧见穆嫣然，便喜笑颜开道："呀，穆小娘子来了！您招呼一声，小老儿去接您啊。"

穆嫣然嘴上道："哪敢劳烦你！"却一动不动受了他的礼。老掌柜一面把那两个匣子放到中间的台子上，一面还扭着脸对穆嫣然点头道："您来得巧！今日这两颗头，都是上等的好货，您可要先看看？"

穆嫣然略蹙了蹙眉。掌柜忙一拍腿："瞧我！这等晦气的玩意儿，污了您的眼！"

穆嫣然道："话不是这么说的。我是想看——可又会害怕……"

掌柜道："嗨！不怕，都是些死物……"说着就要去掀那匣子，吓得穆嫣然连连摆手："死的才可怕——"又顿了顿，问："这头是死的？"

"您别担心，我这里的货，向来童叟无欺！"掌柜一面说着，一面又把那对油亮的核桃捏在手心里，"这头不过是个壳子，从身上切下来就死了——脑是活的就行了。您可知道我们这行当，为什么叫赌脑吗？"

穆嫣然端起水杯，轻轻抿了一口。那老掌柜见状，便兴致勃勃道："因为单看头面，任您猜得天花乱坠，也不知道脑里装了什么——可不就得赌吗！然而这会赌的人，总还是能从脸上多看出些东西的，所谓察言观色，说的便是这件事儿。小老儿我多一句嘴，您今儿个要真是想赌，还是看一看的好。"

穆嫣然迟疑道："能看出什么？"

掌柜道："毕竟相由心生——就算别的都不看，也得看看您同这两颗头有没有缘分吧。"

穆嫣然问："又关缘分什么事？"

掌柜微微一笑："您亲自来，一定是要自己用了。这不是缘分吗？"

穆嫣然正要答话，几人忽听咚的一声轻响，都齐齐向屋角看去。原来是到了正午十二点，西洋座钟报起时来了。黄金表盘上，探出一副惨白的鸟雀骨架，它支棱开光秃秃的前肢，鸟喙一张一合，发出柔美的"布谷"声。老掌柜忙高声道："吉时已到！"又转向穆嫣然："小娘子请。"

穆嫣然毕竟是大户人家出身，见此情形也不再退缩，走上前去，伸手在"籽料"的木匣上轻轻一按，那匣盖便径自展开。然而她只瞧了一眼，面上竟愀然变色，连惊叫都堵在喉咙里，其他人只听见她本能的吸气声。林衍再也按捺不住，凑近去看。先瞧见内里半黑半白，再细看时，才发现匣中头颅的头骨竟只有一半，端的是可怖至极！他这一惊非同小可，退后一步，慌乱道："这……这是怎么回事？"

掌柜斜斜地看了他一眼，便咔嗒咔嗒盘起核桃："所谓'籽料'，正是要擦去些面皮，好让客人瞧见里面的脑——怎么，先生连这个都不知道？"

林衍这才想起那头的五官如何，年岁如何，自己都没有看到，再想要上前时，心里又打鼓，强压着害怕道："多谢庄家点拨。"

掌柜停住手，一边把核桃收到袖子里，一边躬身笑道："终归是咱们小娘子见多识广，头一次见'籽料'，就是这副气定神闲的模样……"顿了顿，见穆嫣然还是不说话，便又问："您可要再揭开这'山料'看看？"

穆嫣然浑身一颤，反手就指向林衍："他去！"

掌柜忙道："是了，按规矩也得他来，小娘子是讲究人。"又对林衍道："先生请！"

林衍见他话虽客气，却只站定似笑非笑地看着自己，隐隐透着几分鄙夷，全不似对那姑娘般恭敬，胸中登时一口气顶上来，几步上前，把匣子一掀，里面的头跟着晃了一晃。那匣壁竟也随之展开，便见一颗剔透的水晶头颅立在那里，内里灰白的脑和血管清晰可见。林衍离得近，一时看得太过清楚，竟也如先前穆嫣然那般，满腹惊疑都卡在嘴边，却什么都说不出来。所幸穆嫣然先问道："这……就是'山料'了？"

掌柜道："正是。'山料'之中，头颅只是存脑的容器，虽可见脑，却看不到与脑共生的'面孔'。对赌脑者而言，就更难判断脑中之物是否难得了。"

穆嫣然撇嘴道："那还有什么好赌的。这也能算好货？"

掌柜道："平常的'山料'我哪敢拿到小娘子面前来？不过，这一件颇为不同……"

穆嫣然打断他道："不必多讲。你现在编出再多花样，我也无法印证。你只管说这一颗——说这'籽料'吧，它好在哪里？"

掌柜忙去卸下那木匣四壁，又从夹层中取出一块光秃秃的头骨，严丝合缝地盖在那"籽料"光裸的脑上，如此一来，那头总算齐整许多。细细看去，能分辨出是个男子，五官略有些肿胀，看着并不年轻了。掌柜忙活完，回道："小娘子请坐，听小老儿同您慢慢说。"等穆嫣然坐了，他才摊开一只手，对林衍做了一个请的姿势。林衍迟疑了一下，坐到穆嫣然身侧。掌柜继续说道："要说这一颗脑比旁的脑好在哪里，还真得从更久远的事情说起。二位可知，这赌脑一行，源于何处？"

穆嫣然一听，便把方才的恐惧抛诸脑后，道："愿闻其详。"

掌柜道："彼时有那么一些人，或因年迈，或因病重，快要死了，却以为在将来，人能够长生不老，就将自己的头颅割下来冰冻，留与后人，想要在百年后重生……"

穆嫣然疑道："他们为何要这么做？哪个国家的时空能稳定'百年'？'后人'又是什么人？"

掌柜一拍额头："呀！是我没说明白。小娘子想必知道，这世间曾与现今这乱世十分不同，我们且称其为'治世'好了。在那'治世'里头，时空处处井然，人人皆是'完人'，时光从过去流向未来，永不复返。"

穆嫣然愈发疑惑："有这样的地方？如今连城中的'完人'都极难见到了……难不成，他们的城很大？"

掌柜摆手道："非也。那时并没有城，世间的秩序也比如今这城中要好得多。"掌柜看看两人茫然的神情，叹道："两位只当'治世'是座无边无际的城吧，因太大了，连城中的天气都不会被外面的四季影响。"

穆嫣然摇头道："没有这样的城。你诳我。"顿了顿又对掌柜道："罢了，你继续说。这些人要重生，又如何？"

掌柜道："这些人虽然死了，却给世间留下了许多头颅。然而百年后，人们只知如何读取这些脑中的记忆，却并不能让他们复生。"

林衍却插话道："您这话没说全，怕是没有人想让他们重生吧？"

掌柜终于正眼看了看他，笑问："先生这话又怎么说？"

林衍道："人生在世，自己活下去都已十分不易，谁又会复活一个年迈病重的人，让他成为自己的负担呢？当初这些妄想割头保命的人，未免太蠢了些。"

穆嫣然轻轻拍了一下他的手臂，嗔道："他们既然快要死了，又有钱财能冻住头，留个念想也不足为奇。你且不要打岔，让庄家说。"

掌柜道："先生说得十分有理。所以在'治世'时，鲜有人想去读这些头中的信息，既怕自己受影响，也有不太在意其生死的缘故。然而到了乱世，这些头颇倒成了人人争抢的资源，只因时空逆转之时，人的记忆也随之消失，活得像行尸走肉一般。他们只有凭借读取这些脑中的记忆，才有可能想起自己是谁，明白这世间真正的模样。"

穆嫣然恍然道："难不成，所谓参悟，就是对自我和他人的觉知？"

掌柜一怔，收了笑，悠悠道："不可说啊……"

林衍早前虽对赌脑的缘起略有耳闻，但从未有人像掌柜说得这般详细明白，听得正兴起，却忽然停在这一句上，难免有些失望。没想到穆嫣然也有同样的疑问，竟起身行礼道："还请庄家指教。"

掌柜忙道："这怎么敢当！然而此事既然名为'参悟'，便得靠小娘子自己悟得。况且小老儿自己也身陷无明，又怎会知晓它是什么？我只知道，赌脑的生意只在城内有，然而读取脑中的记忆的物事，却只在城外才有。这是城中时空稳定的根本——毕竟，若是一人在得到他人记忆之后有所'参悟'，便会致使其所处之地的时空逆转，人人忘却过往，重新来过。"

林衍叹道："这遗忘的无明之苦，又让多少人对赌脑趋之若鹜。"

掌柜闻言，对他苦笑道："正是。然而能进到城里的人毕竟太少，还有些是去而复返的。那些老赌徒，每每提头而去，又茫然而归，以为自己从未到过我这小小茶馆，直至赌得家徒四壁……我们这行，其实也不好做。"

穆嫣然却不耐烦听他的抱怨，道："罢了。庄家还是同我们说说，为何这'籽料'比旁的脑好？"

掌柜道："小娘子若是不怕了，可到近前来看。"

他话音刚落，穆嫣然便站起身来，林衍也放下茶杯，同她一起凑到那头颅侧旁。掌柜将那片头骨卸下来，道："二位请看，这脑可有什么特别之处？"

林衍细看时，才发觉那脑上隐约有一道弯曲的线，顺着沟渠展开，线一侧的脑颜色更深一些，另一侧则浅一些。穆嫣然道："像是……拼起来的？"

掌柜道："正是如此。这意味着此头的主人，曾读过旁人的记忆，且是用最久远的技术去读的。他有可能读了那些源于'治世'的脑。"

穆嫣然沉吟道："故而用这一颗脑，就更有可能参悟？"

掌柜道："未必。但这脑既是拼起来的，总比平常的脑存有更多信息。"

林衍摇头叹道："可谁能知道这些信息是有用的，还是无用的？"

掌柜嗤笑道："先生这话就太外行了。"

林衍忙道："庄家何出此言？在下只是听闻平日赌脑，都是要看五官来判断其人性情志向，或用血缘查出此人姓甚名谁、生平如何，再看其价值几许。这直接看脑的法子，该用在'山料'上才对吧？"

掌柜十分干脆，把半块天灵盖往那头上一扣，道："好，那你看。"

林衍登时语塞。一旁穆嫣然浅笑道："林公子说的这两样，都得咱们自己看啊。这看的本事才叫赌，不然的话都叫庄家说尽了，你我还赌什么呢？这些话他就不能说。"

掌柜躬身道："您高明。"

林衍道："可我自己，确实看不出什么。"

穆嫣然闻言，却背过身去，先绕到那水晶裹着的"山料甲"处，细细看了看，又掉转过头，凑到"籽料乙"近前，用纤纤玉手点了点那光裸的头骨，这才终于看向林衍，沉下脸道："你看不出？你进城就是为了查这些头的，你以为我不知道？"

此话一出，四下里登时一片寂静，只听见头顶风扇缓缓转动时，擦出的呜呜轻响。外面无风无雨，日头大约也被云遮住了，故而这屋内也无光无影。一切都是灰色的，停滞的，警惕的。掌柜瞪着林衍，林衍头上沁出一层细密的汗珠。静默的对峙把时间撕扯得更长了。忽有一只铜鸟从窗口飞入，呼啦啦引得几人都转过脸去看。它泛金的羽翼削落了一朵红杏，在屋中飞了一圈，抖抖翅膀落在那"山料"侧旁，又扬起一边翅膀，嗒嗒地啄着自己腋下，终于触动机关，打开腹部一道小门。铜鸟又把头探进自己腹中，竟叼了一枚硕大的红宝石出来，一脚踩住，便站定不动了。

穆嫣然十分惊奇："这是什么？"

掌柜忙道："应是有人进城时耽误了，先送来定金。"说着就要上前去取。铜鸟登时展开翅膀，作势要啄他。掌柜吓了一跳，往侧旁走了两步，那鸟儿随之歪过头去看他，眼睛横着，细看那眼珠竟是只西洋表，大约是两点一刻的样子。掌柜往回走时，铜鸟又用另一只竖眼看他。显然两只眼时辰不同。掌柜掐指一算，喃喃道："快到了。"

穆嫣然赞叹："此物真是精巧！"又追问掌柜："它这举动，是说它的主人要买下这'山料'吗？"

掌柜一边答："正是。"一边伸着头去瞧那宝石。

穆嫣然问："那我们岂不是不能赌了？"

掌柜笑道："既是赌脑，小娘子只需比他出价高即可。"

穆嫣然道："我怎么知道他这破石头价值几许？还不是看你想给谁。"

掌柜垂首道："自然是小娘子先挑，规矩都是给旁人的。"想了想，又舍不得那颗宝石："不过，他定的是'山料'，小娘子中意的是'籽料'，倒也无妨。"

林衍忙问："那我呢？"

"你？"掌柜哼了一声，怒目看向林衍，"你还是先说明白，你到底是来做什么的吧！"

穆嫣然轻轻"呀"了一声，也看向他："被这鸟闹的，倒忘了这一出。"又对掌柜道："林公子先是在城外辗转跑了几家冷库，才进城直奔你这铺子而来——这可不像是要赌脑啊！"

掌柜道："这城里城外，哪有事情能瞒得过您！"

穆嫣然点了点头，又看向林衍："你说明白是进城来做什么的，我就不难为你。"

林衍听她语气，竟是要惯了威风的模样，终于察觉她不是平常女子，便问道："姑娘——是什么人？"

穆嫣然偏过头，浅浅一笑："你还盘问起我来了？你猜我是谁？"

一缕发丝顺着她的脖颈散下来，直垂到胸口，黑得发亮，比锦缎还柔滑。林衍被她盯得有些心痒，笑道："姑娘手眼通天，在下初来乍到，怎么猜得着？只是听闻近来城中人口甚杂，'完人'越来越少，只有城主家风严谨，从不许子弟出城一步，不知与姑娘可有什么渊源？"

穆嫣然坐下，端起茶杯道："我若是说有呢？"

林衍道："所以我才替姑娘担心呢。姑娘身为'完人'，最难得之处，就是从未经历过时空逆转，所以清楚地知晓自己过往的一切。于这乱世而言，'完人'所说的话，比时间还要可信呢。然而，你只要一步踏出城去，外面的世界如何运转，可就不听姑娘的了。"说到此处，又摇头叹息：“加之姑娘还要赌脑……若是到时候没有参悟，倒扰乱了自己的记忆，实在是得不偿失！”

掌柜却冷笑道：“先生东拉西扯这么一大通，是想绕开小娘子的问话，还是想打消小娘子赌脑的兴致？这等招数，未免太无趣了些。”

穆嫣然收了笑，微眯着眼，对林衍道：“对。你胡诌这些做什么？只管说你为何找来这里就是了。”

林衍看看两人的神色，知道再难搪塞过去，便坦然道：“我来这里，既是想要赌脑，也是来查一桩案子。”

二人同时开口问：“案子？”

林衍颔首道：“穆姑娘既知道我行踪，我也不好再瞒下去。此事说来十分不堪。我原在震国生活，六国之中，此处应是最繁华的所在。然而五日之前，那里却出了桩命案：有人在光天化日之下，在市集之中摘取他人头颅。”

穆嫣然惊道：“怎么会有这样的事？”掌柜虽未开口，却也露出惊诧的神情。连那铜鸟也抓着宝石，扑棱着跳到近旁的方桌上，侧过头看他。

林衍低叹道：“震国虽比不上城里安宁，但在闹市中杀人这样的事情，也是我记忆里头一桩。凶手选在正午动手，用一个束口袋子，套在路人头上，便一走了之。受害者在市集中挣扎许久，可他越是想要扯开那袋子，束口便收得越紧，直至整颗头颅都被收入袋中……那惨状，简直无法用言语形容……”

穆嫣然急切地问：“就没有人帮他吗？”

林衍道：“在下恰巧在侧旁，虽想帮忙，却还是无能为力。眼睁睁看着他殒命当场，心中实在是难以平复，故而一直追查至今。”

穆嫣然道：“真是无法无天！可抓到那凶手了？”

林衍道："非但没有抓到人，连受害者的头也在混乱中丢失了，恐怕就是被那凶手拿走了。"

穆嫣然怒道："震国人怎么如此无能！"

林衍道："事情太过突然，市集人又太多，我原本是要帮忙的，反而险些被警司抓了起来。再说那袋子形状诡异，我问遍国人，竟无人识得，恐怕不是震国之物。二位应当知道，在这乱世之中，各国经历了不同次数的时空逆转，在时间上彼此相差数十年之多，掌控的技术差异极大。若是有人带了这样的事物，从别的国家穿城进入震国，我们也实在是防不胜防啊！"

穆嫣然道："可这凶手要人头来做什么……"说到一半，便像是想起了什么，看向掌柜。

林衍在一旁道："姑娘可听过'头颅猎手'？"

老掌柜僵直了背脊，硬邦邦道："你莫要血口喷人！"

林衍道："我如何血口喷人？还望庄家指点。"

掌柜自知失言，先掏出核桃来盘，没转几下又停下来，去看铜鸟眼睛上的时刻。穆嫣然道："我虽知道头颅猎手，但城里早就没有了。害人性命来赌脑，这般伤天害理的事情，是绝不允许的。"

林衍道："姑娘宅心仁厚。然而城中之事，你真的件件清楚吗？"

掌柜一拍桌子："你敢说城主昏聩？"

他说完，才发觉自己贸然点透了穆嫣然的身份。幸而穆嫣然并未在意此事，只道："你何必这样疾言厉色？倒显得你亏心。"她又问林衍，"你查到什么了？"

林衍也没想到这小姑娘竟是城主，难怪她知道得这么多，一时答话的语调都比先前轻柔许多，垂首道："我在震国经营许久，各处关节都有熟悉的人。故而虽晚了一步，但却一直知晓凶手行踪。此人先去冷库，将头颅冰冻，今早又由雷门入城。如今，也该到这茶馆里了吧？"

穆嫣然寒声道："是这两颗头中的哪一颗？"

掌柜叫道："小娘子这话是从哪说的？我这店最规矩，几时会从猎手那儿买头？"

林衍苦笑道："这便是他们胆大的关键了——单凭看一眼，我确实判断不出这头是不是震国那位受害者。要想知道真相，还是得赌脑。"

掌柜正要说话，却听穆嫣然冷笑一声："未必。"

林衍眼睛一亮，问："怎么说？"

穆嫣然伸出一只手，去抚摸那铜鸟颈上的羽毛。鸟儿瑟缩了一下，却并未抗拒，只是颤抖着抠紧了脚下的宝石。窗外狂风鼓荡，吹落一地花瓣。大门骤然洞开，却见一人提着个袋子，站在外面。

穆嫣然道："瞧，这就来了。"

【第二幕　风巽】

（行板）

黄沙滚滚。

尘土从门外卷进屋里。在洒落的天光之下，众人初时只瞧见来人的剪影，待走近些，才看清是个女子。又不尽然。此人自右眼以下的半边面孔，脖颈乃至手臂腿脚，都是钢筋铁骨铸成，纤瘦沉重，森森然泛着金属的寒光。那残缺的另外半张脸上，亦刻满了大小伤口。林衍起身把门关上，老掌柜则拖着步子去关了窗。屋里忽然又沉静下来，只有顶上的风扇转得勤，微尘一股一股地飘散入内，弥漫飞舞。

女子摘下风镜，方露出两只完好无损的眼睛。她四下看去，目光先在掌柜身上停了一瞬，又略过穆嫣然，最后却落在林衍身上。震惊地看着他，嘴角抽搐，面皮上生锈的铁片也在颤抖："你……怎么会在这儿？"

穆嫣然正色问道："你是谁？"

女子对这问话置若罔闻，径自把袋子往邻近的桌子上一放一抖，便滚出一颗头颅来。众人没料到她这突如其来的举动，都是一惊。穆嫣然吓得一下子站了起来，引得身侧的铜鸟都飞跳到茶壶上，脚下红宝石敲在壶壁上，发出"咚"的一声闷响。林衍去看时，却见那头颅外面裹了一层乌突突的黑冰，一时也瞧不出什么端倪。掌柜慌忙收起核桃，抖平袋子，盖在那头颅之上，颤声道："怎能给城主看这等肮脏的东西？！"

女子见那头还在，便几步走到林衍身侧，仔细看了看他，才长舒一口气，低叹道："这也太巧了。"又扬起脸，对掌柜道，"这头就给你了。"说罢抬脚便要走。林衍忙上前拦住她："且慢！"女子冷笑一声，用机械手轻轻一托，林衍只觉眼前一花，竟毫无抵抗之力，狼狈地跌坐在了一旁。然而，女子绕过他再去推那门时，大门却纹丝不动，似乎是从外面被拴住了。她这才回过头，问道："你们这是什么意思？"

林衍起身，一脸警惕地站在门边。穆嫣然却不慌不忙地坐下，缓缓道："你不能走。在这城中，做头颅猎手是死罪！"

那女子一怔："头颅猎手？你以为我是来卖头给庄家的？"随即哈哈大笑起来。大约是喉咙有一半是铁的缘故，那笑声里夹杂着尖锐的嘶鸣，仿佛利爪划过石壁。穆嫣然道："哦，难道你不是？"女子一边笑，一边说道："你是城主。你说是，便是吧。"

穆嫣然道："你就没有什么要申辩的吗？"

女猎手道："我说了你也未必信，又为何要多费口舌？我杀此人，问心无愧。"

林衍走到她面前，质问道："这死者是谁？"

女猎手却避开他的目光，道："想必你已经知道了。"

林衍只觉一股热流窜上头顶："你就是震国市集上的头颅猎手？"

女猎手愕然道："你当时也在？"眉眼间的神情，显然是承认了此事。穆嫣然低声问林衍："这头到底是谁的？"

答案就在嘴边，林衍却说不出口。他又是愤恨，又是难堪，只道："请庄家把头化开，姑娘就知道了。"又狠狠看向那女猎手，"你为何要杀他？是为了庄家的酬金吗？"

女猎手嗤笑道："这颗头我是送给掌柜的，分文不取。"

掌柜闻言，急得直搓手："姑奶奶，你是怕事情还不够大吗！"

穆嫣然抿了一口茶，对掌柜道："我倒觉得林公子说得有理，庄家还是先去把这头化开，既能解我的疑惑，又能保你的清白。"

掌柜慌道："这一时半会儿的，也准备不好啊！"

穆嫣然浅笑道："我知道你的本事。"又看了看那西洋座钟，"一点钟应当差不多。还是说，需要我找人帮你？"

她话说到这里，已是再不给他推脱的机会了。掌柜左右看看，见林衍也盯着自己，只得无奈地把头裹进袋子，缓缓走了出去。大门一开一关之间，只见外面一片惨淡的混沌。风已平息，但尘埃尚未落地，黄沙模糊了天地的边界，几乎分不清是昼是夜。门将掩上时，穆嫣然轻轻打了个响指，便听"咔嗒"一声，显然那门又锁上了。林衍见状，才真觉出这小城主确与旁人有些不同。他走到穆嫣然身边，发觉她的茶杯空了，便去拿壶，壶里的水又凉了，他便去屋角续了些水，将那茶壶置于火炉之上。穆嫣然坐下，对女猎手道："他走了，你只管放心告诉我们实话。你为何要杀那个人？"

女猎手不答。

穆嫣然又柔声道："你说我们不信你，这话就不对。你说出来，信不信在我。我虽年轻，却不糊涂。"

女猎手依旧不作声。

穆嫣然却一点也不急，继续说道："就算你不在意生死，事情总也要分辨出个对错。人活在世上，不过是争一口气。若是此人该死，我就为你正名，放你出城。"

女猎手道："他当然该死！"

穆嫣然道："那就说出来，为什么？"

女猎手静默不语。那边壶里水烧开了，咕嘟咕嘟响。林衍便去提了壶，来为自己和穆嫣然杯中添了茶，又坐到她身边。穆嫣然偏过脸，对他甜甜一笑。两人一时离得太近，直到那女猎手说到第二句，林衍才听见她在说什么：

"……我知道这个人，是很久以前的事情了。彼时我还是这城中的一个机械卫士，奉命去异国找他。"

穆嫣然愕然道："你原先是机械人？"

女猎手眉头一皱，哑声道："我自然是机械人，你看不出来吗？"

穆嫣然与林衍对视一眼，再看向那半人半机械的女猎手，问道："那你这身体是怎么回事？"

女猎手却冷笑道："你到底想让我说什么？"

两人还未答话，女猎手便又道："罢了，算是同一件事，只是要说得更久一些。"

穆嫣然道："庄家去化那颗头，还要再等一段时间，我们不急。你先说你当日去异国找人，是得了什么命令？"

女猎手便说道："去警告他，告诉他不要去震国。然而我却一时没有找到他，只能留在异国。"

穆嫣然问："这是为什么？机械人没有完成任务，通常不是要立刻回城复命吗？"

女猎手答道："我去之前，城主给了我一段关于他的记忆，告诉我说，只有找到这个人，才能回到城中。"

"等等。"林衍疑道，"你说城主能给你记忆？"

女猎手没有回答。穆嫣然倒十分乐意为他解惑，道："城中的这些机械人，原是储存人类记忆的容器。但乱世降临后，城里留下了让机械人接收人类记忆的法门，却遗失了让人类读取机械人记忆的技术，所以他们就只能用来当卫士了。有时吩咐给他们的事情太复杂了，我就会用这个法子。不过，她所说的城主不是我，我不记得有这件事。"

林衍沉吟道："人能把记忆存到机械人里，却不能读取？这事……同赌脑可有什么联系？"

穆嫣然想了想，才道："确实像是同宗。我听说乱世之始，是源于一种名为'脑联网'的事物。此物能让人与人心灵相通，再无隔阂。这技术应用之初，需要用机械做媒介，人们才能彼此连接；后来不再依靠媒介，却不知为何搅乱了时空……"

林衍听得瞠目，问道："人脑与时空有什么关联？"

穆嫣然道："这……我也不大懂。"

女猎手却在一旁嘶声道："我倒是听人说过，这'脑联网'搅乱的并不是时空，而是人的记忆。人忘却过往，又看不到未来，就以为时空也乱了。"

林衍闻言，登时想起老掌柜说的"参悟"之事，再细想时，又觉得毫无头绪。穆嫣然对林衍笑道："你这人总是东拉西扯，我们都被你带远了。"说完又将眼风扫向女猎手，"你继续说，那位城主给你看的，是什么样的记忆。"

女猎手看了看林衍，道："虽然记忆里只有那个人的容貌，然而它却彻底改变了我。我去异国之前，竟然自己来到这间茶馆，问掌柜：'我同人类有什么区别，为什么那段记忆里，有我无法理解的情感？'

"掌柜告诉我，他只懂人，不懂机械。但他认识一个异国的钟表匠，算是个世外高人，或许能帮上忙。于是我在去异国找人的途中，去了那个钟表匠的家。

"那是在沙漠里，一栋孤零零的小房子。门外有一颗枯死的杏树，树下一地羽毛。屋里空间极小，却有一张极大的工作台，四周摆着大大小小的架子，上面满满当当，全是各式各样的零件，几乎连让人站立的地方都没有。我到那里的时候，工作台上只有一颗核桃大小的鸟头，钟表匠正在用凿子撬开它的头骨。他看见我，就停下手中的活计。我问他在做什么，他说他在制作一台西洋钟。

"他又问我为何来找他，我便告诉他，我想知道自己和人类有什么不同。

"钟表匠回答说，世间万物都有魂灵，只是各自被禁锢在躯壳里。通常而言，机械总会更愚笨，而动物天生便更有灵性。极偶尔地，会有一些生于乱世之前的机械，有异常聪明的头脑。钟表匠觉得，我应当就是其中

133

之一。他知道一些古代的秘法，可以让我像人一样思考。

"我说，我不只希望像人一样思考，我还想要变成一个真正的人。

"他没有直接回答我，而是在屋中翻箱倒柜，末了，找出一台尚未完成的座钟。他把时针调到整点，便有一只机械鸟从钟里跳出来，羽翼僵直，鸟喙大开，举动却无比蠢笨。他摇了摇头，又用铜针取出工作台上那只鸟的脑，小心翼翼地放进机械鸟的头中。

"把脑装进去之后，钟表匠触发了一个机关，那机械鸟忽然就展翅飞起来，左跳右跳，活脱脱是一只真正的鸟。

"他问我，这就是你想要的吗？

"我告诉他，是的，我想要成为人。然后他告诉我说，如果是这样，我需要给他找来一颗人脑。"

穆嫣然蹙眉道："城外怎么会有这种疯子——看来，震国市集上死的那个人，并不是你杀的第一个人。"

女猎手正色道："我是杀了他没错，但我没有伤害过其他人。这个身体的主人——"她伸出纤白的左手，"她是自愿的。"

穆嫣然道："我不信。"

女猎手道："你从未出城一步，又怎会知道世间疾苦？外面有的是绝望的人，只要能挣脱苦楚，他们宁可放弃生命。况且，如今她与我合二为一，又怎么能说是死了呢？"

穆嫣然却不愿意听这些话，道："你少来同我讲这些空道理。后来发生了什么？"

女猎手摇了摇头，继续说道："我告诉钟表匠，我不会为了自己的欲望去害人性命。所以我就留在了他的房子里，一边做他的助手，一边等待我要的脑。"

林衍听到此处，又恼火起来，讥讽道："难道你不是回到城中，同庄家买了一颗头，再去为他猎杀别的人吗？"

女猎手似笑非笑道："既然你都知道了，那不如你来告诉城主？"

穆嫣然责怪林衍道："自打她进来，你就没说过一句有用的话，你还是不要说话了。"言辞虽十分不客气，神情却非常可爱。林衍愈发心乱如麻，也就没再张口。

女猎手却对林衍道："你说的也不无道理。我要寻脑，自然应当到城里来，之所以留在异国，是因为我没有找到那人，无法回城复命的缘故。然而两年后，我竟然在钟表匠的房子里见到了他。

"他带了一颗头来。到了这时候我才知道，那钟表匠的住所，也是人们在城中得到脑之后，读取脑中记忆的一个去处。

"然而钟表匠不肯帮他。钟表匠说，异国难得稳定了这么久，他自己也有很多事情要做，不希望有人因读脑而参悟，致使时空逆转，一切重新开始。

"钟表匠建议他去震国，说那里也有人能让他读脑。"

林衍登时坐直了身子："震国？"

女猎手道："正是。所以等他离开那房子之后，我在沙漠里追上他，告诉他当年城主的警告——"

穆嫣然低声道："不要去震国。"

林衍道："那他为什么还是去了？"

女猎手道："原因我也不知道，他就这么离开了。但分别的时候，我知道他已经犹豫了。后来钟表匠对我说，他不肯帮那个人读脑的真正原因，是从一开始他就不够坚定——他还没有想清楚，是应该赌上全部的记忆去追求参悟，还是留在当下的生活之中。"

她顿了顿。风又鼓荡起来，吹得顶上那风扇"嗡嗡"作响，然而却并没有浮尘再飘进来了。阳光从窗口洒进来，窗上的花枝纹样映在地上，像是变形的浮雕。女猎手继续说道："尽管完成了任务，我还是在异国多留了一天，就是那时候，我遇到了这名女子。"她一面说着，一面用右手挡住右脸，剩下的几乎就是一张人类的面孔。

穆嫣然看着那张脸，忽然觉得仿佛在哪里见过，低声道："自愿把身体给你的那个人。"

女猎手道："你也可以说，是我自愿把身体给了她。"

穆嫣然看了看时间，道："你说了这么久，我们却不知道你究竟是如何得到这副身体的，以及你为什么要在震国杀人。"

女猎手说道："就要有一个答案了。那女子来找钟表匠时，半边身子已动不了了，几乎是爬进屋门的。原本从神色看不出卑微可怜，然而我才扶她坐下，她就对着钟表匠哭起来。她说她放弃一切，来异国寻找那个男人。可他为了读脑，要离开病中的她，全不在意会忘记她。后来我与她融合，才知道，那个抛弃她的男人，就是城主让我去找的人。"

林衍霍地站起来："所以——这是情杀？你与那女子彼此融合，她也就成了你，然后你去了震国，为她复仇？"

女猎手看了他许久，摇头苦笑："你是这么想的？"

林衍咬牙切齿，恨恨道："还能有什么缘故！两个人无法在一起生活，总有许多原因。只有女人，会为了分手这样的事情，自己寻死觅活不算，还要害人性命！"

女猎手沉默地盯着他，仿佛在看一头怪物。倒是穆嫣然伸手搋了林衍一把："什么叫'只有女人'，你这是连我也骂进去了啊。"说着竟亲自为林衍添了一杯茶，起身递给他，"我猜那死者必定是你熟识的人，才会让你这样难过。但现在还是不要感情用事，她既然都说了这么多了，就让她说完吧。"

林衍喝了茶，气鼓鼓地坐下。穆嫣然轻轻按了一下他的手臂，算是安抚，又立在旁侧。铜鸟抖抖翅膀，飞落在她肩头。它因一只脚要抓着宝石，只得单脚站着。半晌，女猎手才叹道："我到今日，才真正理解她当日说的话。"

穆嫣然抬眼问道："什么话？"

女猎手道："那女子对钟表匠拉拉杂杂说了许多，哭了又停，停了又哭，然而除了开头那句，也听不出什么重点。终于她收了眼泪，说，爱情会让人失去理智，从这一日起，她要抛弃所有的情感，再也不要为人心动。然后，她指着我，说她要变成我，变成机械，真正的机械。"

穆嫣然唏嘘道："虽然可怜，倒也是个法子。所以你们就各取所需，变成了这副模样？"

女猎手道："那钟表匠说，让机械人变成人的法子他有，但让机械和生物互换身体，他从没有成功过。说着，他给我们看了另一台座钟，里面的鸟只余骨架，便是他先前失败的尝试了。他说只能试试让我们合二为一，也顺带算是为女子治病。这时，又有人送了个垂死的病人来，说听闻钟表匠这有存储脑的法门，能让人的头颅活下去。钟表匠便把我们几人叫到一起，告诉我们他的计划。

"他先对那女子说，你不想要的，无非是爱和恨。恨这东西肮脏，不值得留存，但爱终究是可贵的，他想要把这份爱存在病人的脑里面。

"然后钟表匠又问那垂死的病人，是否愿意在脑中多存一份爱？

"病人已说不出话来，只点了点头。于是钟表匠又继续问那女子，没有了爱与恨，人与机械也就差不多了——你还要变成机械吗？

"那女子毫不犹豫，说了声是。她说自己曾拥有世间的一切，却仍觉得索然无味。后来她赌上一切，来追寻不一样的生活，可经历的这些美好与痛苦，如今看来也不过尔尔。现在，她想要成为世界的旁观者，不再参与其中。"

穆嫣然颔首道："这话我还是头一次听见。此人颇有气魄，确实与常人不同。"又看向林衍，"你看，她抛弃了恨，所以不是情杀。"

林衍道："她是在说谎。"

穆嫣然笑了笑，又对女猎手道："你不要理会这个小肚鸡肠的男人。如今看来，这钟表匠是成功了？"

女猎手道："自然是成功了。只是他取脑之时，为了丢弃爱恨，扰乱了那女子的记忆，所以在我心里，总会觉得自己是机械人。"

穆嫣然垂眸道："爱恨没有了，自我也就消亡了。可惜。"

女猎手反驳道："消亡？不，这恰恰是我想要塑造的自我，完美的自我。我醒来，看着镜中的自己，觉得满意极了，便去向钟表匠道谢。他正把那颗融合了爱恋的头颅放进匣子里，随后提笔蘸了金色的墨汁，在匣子上画了个圈。"

穆嫣然挑起眉梢："金圈——是'籽料'？"

女猎手道："是连着头存起来的，确实是'籽料'。"

穆嫣然没有再问，心中却隐隐觉得不安，仿佛自己错过了什么重要的信息。那边林衍又坐不住了，道："你到底还是没有说，你为什么要杀他！"

铜鸟飞跳到穆嫣然手肘上。她便顺势抬起手，对着窗口的光看向那颗红宝石，只见其大如黄豆，色泽更是浓如鸽血。便一边猜度这价值高昂的定金是何人所付，一边又想着震国死者的身份。林衍急切的神情让她明白，自己是这屋中唯一的不知情者，真相早晚要浮出水面。便也不再多说，只略带嗔怒道："你就不能好好听着吗？"

林衍不语。

女猎手终于继续道："虽说晚了两年，我也变了模样，但我还是完成了城主交给我的任务。所以钟表匠确定我的身体无碍后，我就回城复命。然而等我到了城中，却发现了一件非常奇怪的事情：城中无主。"

穆嫣然怔住："你说什么？"

女猎手对上她的视线，一字一顿重复道："城中无主。"

穆嫣然沉下脸道："这不可能！这是什么时候的事情？"

女猎手却不回答她的疑问："我也觉得不应当。于是，便又来这茶馆里，问老掌柜，城里发生了什么。

"掌柜告诉我，城主离开已有一段时日。近来城外诸国时空接连逆转，有人说这是末世将至的征兆。我告诉他说，只要城中还稳定，就不会有大乱。

"然而掌柜说，城中无主的消息恐怕已经泄露到城外。他听闻震国有人打通了各处关节，要将读脑的器物偷偷送入城中，倘若城中时空逆转，这天下最后的秩序也会消亡。他希望我能够去震国猎杀此人。

"我告诉他说，没有城主的命令，我不能出城做这样的事情。

"他听了这话，奇怪地看着我，仿佛这时他才认出我是谁。最后他说，你不再是机械人了，你是你自己的主人，你可以做你觉得正确的事情。"

穆嫣然沉声道："可那个人——为什么非要在城中读脑？"

女猎手答道："掌柜说，此人曾来过他的茶馆，坚称天下早已失去正道，须得涅槃重生，才能终结乱世，回归正途。"

穆嫣然怒道："一派胡言！"

女猎手又道："掌柜也是这么说的，他还说此人是个老赌徒，应当是寻常赌脑已无法让他满足，才会妄想进城参悟，并不是为了终结乱世。"

穆嫣然骂道："自私！无耻！"

林衍道："就算她说的是真的，那个人也没有犯罪。自私并不是罪，杀人才是罪！"

女猎手道："他打算要做的事情威胁到城的安危，我必须阻止他。"

穆嫣然叹道："的确。若是我在城中，应当会让你去杀他的。"

林衍霍然起身，道："你也听信她的话？这些都是推测，是诛心之论——你们有什么证据？！"

女猎手淡淡道："我去问他了。"

林衍疑道："什么？"

女猎手道："我去震国并不是要杀他，而是要劝他。我知道他在震国会住在哪里，毕竟我还有这女人的半边身体，和他们之间的一些记忆。

"我在离城不远的地方见到了他。他已不认识我了。我说自己是城中的卫士，他就问我是否能偷偷帮他打开城东通向震国的雷门。

"我问他，你为什么不光明正大地进城？他说，他有一样禁忌之物非要送入城中不可，又许诺给我许多钱财。我假意应下，随即回城去找寻当年城主抓捕头颅猎手时收缴的凶器。再之后，就是震国市集上，你所看到的那一幕。"

她刚说完，窗外的风忽然猛烈起来，吹得花枝刮在窗棱上，敲出"笃笃"的声响。半晌，穆嫣然终于说道："故事编得不错，但你还是要死。"

女猎手惨然一笑："我说过，你不会信。"

穆嫣然道："我自然不会信。林公子和你从震国先后进城，不过是这一两天的事。所以你方才所谓的城中无主，也就是前几日，可那时我就在城里——你怎么说？"

女猎手怔了怔，竟被问得哑口无言。穆嫣然又道："你不要以为扯上庄家，我就没办法印证此事。他这段时间闭门谢客，专为等这两颗头。"说着指了指台子上的山料和籽料，再看向女猎手时，语气愈发冰冷起来，"再说，怎么会有人在我不知道的情况下，进城来到这间茶馆呢？"

女猎手问道："你是'完人'？你记得过往的一切？"

穆嫣然道："当然！我可是城主。"

女猎手却像是入了魔，喃喃念道："'完人'，'完人'……"她半边面孔发红，另半边的铁皮之中，却隐隐透出机械内核飞速计算时才会有的呜呜声响，自言自语道："我没有说谎——若你说的也是真的，那么……"

正当此时，门又"嘎吱吱"打开了。是掌柜。几人都转过脸去看他。却见他拎了个红木匣子，垂头丧气，一步一颤地走了进来，又抖着胳膊把那匣子放在中间的台子上。

穆嫣然展颜道："庄家果然利索。"

掌柜畏惧地看了一眼林衍，问穆嫣然："小娘子真要看吗？"

穆嫣然道："当然。"

掌柜无奈地塌下肩膀，伸手在那匣子顶上轻轻一拍，内里头颅真容终于露出来。穆嫣然去看时，恰恰对上死者圆瞪的双眼，不由得倒抽了一口凉气。那五官眉目，分明就是——

林衍。

年岁甚至看着都相当。那头颅的面容因过于苍白，又有些浮肿，所以分辨不出到底与身边这人相差几岁。穆嫣然看看那头颅，又看看林衍，问："你……有双胞胎兄弟？"

林衍只看了一眼，心里便难受至极，扭过脸去，道："据我所知，是没有的。"

穆嫣然道："所以此人——就是你？"

林衍道："或许是几日后的我，也或许是三五年后的我。"

穆嫣然不明所以，道："这怎么可能？"

林衍不语。掌柜叹道："城外诸国时空逆转之后，人确有可能在同一空间中遇见另一个时刻的自己。但此事并不常见，小娘子久在城中，难怪不知道。"

穆嫣然道："如此……"又看向林衍，"你是因为亲眼看见自己被害，才一路追进城来？"

林衍咬牙道："正是，我必须要查清楚此事！"

穆嫣然看他的目光里不禁多了几分怜悯，道："你放心，我定会给你个公道。"

她话音才落，西洋钟就响了起来。鸟骨架探出来，发出轻柔的"布谷"低鸣。穆嫣然手臂上的铜鸟像是被这声音吓了一跳，展翅飞起，不想脚下一松，那红宝石骨碌碌掉在了地上，正停在林衍身旁。铜鸟见状，扭身急转，直冲而下，谁知飞得太快，不及缓缓停下，竟一头撞在地上——碎了！一时间，铜皮铁板，齿轮指针，稀里哗啦散落一地。全然分不清哪里是头，哪里是腹，唯剩一只脚爪还算完整。脚爪在地上抓挠抽搐几下，终于捏住宝石，不再挣扎，算是吐出最后一口气。

掌柜眼睛一亮，忙走过去，要拾起那鸟爪和宝石，忽听门外有人叫："庄家，我的定金，可送到了吗？"

【第三幕　水坎】

（活泼的快板）

浓雾弥漫。

门敞开时，细白的雾气如同水流般在地面氤氲，另一边的窗子外面，却是明朗的湛蓝色天空。来人缓步入内时，看着倒像是脚踏白云，面带金光了。然而仍难掩其褴褛的衣衫和佝偻的腰背。林衍扭头去看，竟认出是早前送他来此地的车夫！掌柜先去作揖，道："您怎么才来？"另一边女猎手则脱口叫道："钟表匠？"

车夫全没注意到女猎手是在叫自己，笑得几乎看不见眼睛，给掌柜回了礼，又去给林衍请安："呦，是先生您！您万福！今儿可多亏了您！您晌午那两块银元，刚好凑够了这宝石的钱。我急急跑去买，车偏又陷在雪地里了，只能让鸟先送来定金，生怕晚了。"又四下看看，"咦，我的鸟呢？"

掌柜举起那抓着宝石的鸟爪，道："鸟跌在地上，碎了。"

车夫撇下嘴角，当场便落下泪来："我可就这么一只了啊……"说着用破烂的袖子去拭泪，"这鸟的命，同我一样苦啊！"

穆嫣然不明白这人唱的是哪一出，才有些不快。只见他揩净泪水，又变脸似的挂上笑容，躬身问掌柜道："如何，那'山料'可有人出价比我高？"

掌柜不答，冲着穆嫣然的方向努了努嘴。车夫这才瞧见她，先一怔道："呀，您也在。"又垂下头，"敢问小姐……中意哪一颗脑？"

穆嫣然道："我不会同你争'山料'。"

车夫长舒了一口气，道："可不是，山料哪入得了您的法眼？"说着喜滋滋走过去，绕着那颗水晶头颅左看右看。掌柜见状，对林衍道："先生可还要出更高的价吗？"

林衍本就不是为这事儿来的，如今自己的头摆在台子上，连多看一眼、多说一句都不愿意，只是摆了摆手。掌柜便高声道："那这笔交易就成了！"把鸟爪和宝石往口袋里一揣，又对车夫道，"我帮您包起来？"

车夫道："嗯，包起来。"又对掌柜拱手，"多谢庄家。"

掌柜便把那匣子的四壁竖起来，按下盖子。诸人只听"咔嗒"一声轻响，正是先前那机关又合上了，真真儿的严丝合缝。掌柜又利索地在匣子外面包了一层黑绸，用布料端头在顶上系出个提手，这才把木匣从台子上拿下来，捧到车夫手边。车夫笑着接过去，正要道谢，忽听女猎手问他："你怎么会来赌脑？"

车夫像是才注意到她。抬起头，眼珠子却极快地在台子和几人脸上都扫了一圈，笑答："嗨呀，我现在是穷，但该花的钱也不会含糊。"

女猎手正色道："我是问，你自己有储存头颅的冰库，为什么还要来城里赌脑？"

车夫含糊道："早就没了啊……"

林衍冷哼一声，对女猎手道："你还指望这车夫给你圆谎？"又对穆嫣然道，"穆姑娘，你先前既说过，头颅猎手是死罪，那便希望你能够言出必行。"

掌柜忙劝道："先生这又是何必呢！"又对穆嫣然道，"小娘子还是不要妄言生杀，对自己的福气不好。"

穆嫣然迟疑道："她说了谎，我们总要先问出真话来，再处置也不迟。"

掌柜忙道："这才是正理！"

林衍拍案道："她怎会认罪？"

穆嫣然柔声道："我还以为，你会想知道真正的缘由。"

林衍道："真相就是，我们不能让这样的人继续活下去害人！"

掌柜终于也沉下脸，道："你以为逼死她，你就安全了？你是低看了命运，还是高看了你自己？"

林衍肃然道："我只是希望城主能匡扶正义！"

几人你来我往，声调越来越高。女猎手却仿佛事不关己，只是静静地看着车夫。车夫被她盯得浑身不自在，终于把木匣放在身侧的凳子上，上前问道："几位稍静静，稍静静。这女人我认识。不知究竟是什么事情，让您几位如此忧心？"

诸人都停了话头，扭头看向他。穆嫣然问："你认识？你怎么认识她的？"

车夫哈着腰说道："我早前在异国，是个钟表匠人。这女子还是机械人的时候，就在我那里帮忙。我们是有些交情的。这人虽然脾气硬，但确实不会说谎。倘若她有什么不是，哎，我替她跟诸位赔罪，赔罪。"

说着，他凑到每个人面前拱手作揖。林衍避开一步，根本不受他的礼。穆嫣然道："你是说——她没有说谎？"

车夫道："您这话问的，我哪知道她说了什么呀。"

穆嫣然道："她确实说了一些在异国的事情。"

车夫笑道："您看这样行不行，要是她刚才的话里提过我，那您来问

145

我，我答，您再看对得上还是对不上。"

穆嫣然想了想，颔首道："也是个法子。"

林衍冷笑道："这种漏洞百出的故事，你们还要再听一遍吗？"

穆嫣然横了林衍一眼，示意他不要再说浑话。林衍只得把自己一肚子的火气都吞回到肚子里。穆嫣然坐下，轻轻抿了口茶，便问车夫："你原先是个钟表匠？"

车夫道："是学过点儿手艺。这屋里的钟，还有之前那鸟，会飞的那只——都是我做的。"

掌柜在一旁道："确实是，我们很久以前就认识了。"

穆嫣然道："手艺很不错啊。怎么又做起车夫了？"

车夫懊恼道："好赌啊，都赌没了。庄家这屋子里好多摆设，还有他的冷库，以前都是我的。您看这儿——"他走了几步，去指籽料上面的金圈和字，"您信么，这字还是我写的呢！"又叹了口气，"人可真不能赌啊。"

穆嫣然道："你说她是机械人，那她身上另外半个女人是怎么回事儿？"

车夫看看穆嫣然，踌躇道："哎哟，这说来话就长了。"

穆嫣然冷冷道："你要想让她活命，就说。"

车夫道："是、是、是。她身上这姑娘吧，我也认识有些时日了，早年算是个富足人家的孩子。您也知道，这种孩子不愁吃、不愁穿的，就是爱幻想。她总觉得这世间有一些天上飘的大道理，人只要活着呢，就非得要搞清楚不可。您说这是不是挺可笑的？"

车夫顿了顿，见没有人接话，便尴尬地挠了挠头，继续说道："不瞒您说，我异国的那钟表铺子，早年其实也是个读脑的去处。我第一次见着这姑娘，是她拎了颗头找到我，说她要读那脑。"

穆嫣然有些疑惑，问道："这是什么时候的事情？"

车夫道："可早了……大概是在我认识这机械人之前。她没跟您说？"

穆嫣然道："没有。你接着说吧，你可帮她读脑了？"

车夫道："我当时很犹豫，先劝她回家去，别让家人担心。她不听啊，特别执着，在我那儿等了三天，一天加一倍的价钱。我也是没办法了，就只好应下来了——"说着把两手一合，脸上露出十分无奈的表情。

一旁掌柜摇头道："你居然是为了钱做这件事儿，造孽啊！"

车夫哭丧着脸："所以我不是遭报应了嘛，现在穷得连裤子都买不起……"他见穆嫣然仿佛有些不耐烦他的抱怨，忙咳嗽一声，转口说道："其实吧，我也不大清楚那脑里有什么，可那姑娘读了那颗脑之后，就跟中了邪似的，非要去找一个男的，给他做夫人。"说着指了指林衍，"哎哟，真巧——就是您。"

林衍原本背过身去，站在屋子一角。这一下，他却成了诸人的焦点，不得不回过头，开口道："我之前认识你？"

车夫笑道："可不是，咱们可打过不止一回交道了。您不记得了？"

林衍干巴巴回答道："不记得。"

车夫叹了口气："忘了也好，忘了也好。不过这么说来，我对您的了解，指不定比您对自己的了解还深哪！"他似乎有些累了，先对穆嫣然笑了笑，才欠身坐在身边的长凳上，继续对林衍说道，"只不过，您和夫人之间的事，我并没有亲眼见过。"

林衍道："都未必有你说的这件事！"

车夫道："有是一定有的……毕竟你们后来，又分头来找过我。"

穆嫣然闻言，略略有些好奇："他们分头来找你？这是怎么回事？"

车夫道："这事还得从头说起。当初那姑娘离开我那儿，去找林先生后不久，这机械卫士就来找我了。我一看，嘿，好家伙，难得见着一个有灵性的机械人，就连哄带骗把她留下来了。我想要研究她，却研究不大明白。听说治世那些关于机械的秘术，都不会写在纸上，反而是记录在云上的——那我哪儿找去！如此胡乱混了两年，我越是整天看她，越觉得自己无能，正想寻个借口把她支走，偏巧这时候，林先生您来找我了。"

穆嫣然对林衍笑道："如何，对上先前那段了吧？可见她还是说了些真话的。"

林衍道："若是他们先串过词呢？不然——为什么这两人都是今天来？"

车夫道："您这话问的！当然是因为今儿庄家开赌脑局啊，否则您怎么也在？"

林衍一时语塞。穆嫣然觉得他这生闷气的模样颇有趣，忍着笑对车夫道："你继续说。他来是做什么的？"

车夫道："林先生带了颗头来，可是我看都不想看。来找我读脑的，有两种人。一种是知道自己要什么的，比如早前那姑娘，她真有这个心，要变！谁都能从她身上看出那股子劲儿来！另一种，就是像林先生您当时那样，想要逃避现实的，浑身上下散发着绝望的失败者气息——哎，您可别生气啊，我不是说现在的您。

"您那天跟我絮絮叨叨说了好多，什么生活多艰苦，什么夫人病倒了，什么自己撑了大半年，再也撑不下去了。那我又能做什么？我自己不也挣扎着活在这乱世里头吗。您说您爱她，忘不了她，想融合一颗头，让时间倒流，一切重新来过，您一定会好好保护她。这不瞎扯吗！且不说您能不能参悟，就算能时间逆转，您那时候也未必能记得这些事儿，该来的灾啊，病啊，早晚还是会来的嘛。所以这种事情我怎么能做呢！就把您劝走了。结果第二天，您那夫人就又来找我了。我才知道，就是先前找我读脑的那个姑娘。"

穆嫣然不由得看了看女猎手，叹道："真是她啊。"

车夫也低叹："可不是吗？要说这命运真是不公平，那么水灵的姑娘，两年的工夫，回来时半边身子都瘫了。这病的缘由我不清楚，然而说到底，她当初会跟了您，也应该是因为在我这里读了那颗头，事情算是因我而起。所以我当时就想，要帮她！可我只会修机器，不会治人的病啊。所以就想了一个法子，把她和那个机械人拼凑在一起。"说着又指了指女猎手，"我本领有限，算不上太成功，就是这个样子了。"

掌柜道："这世上也找不到比您本领更大的了。"

车夫忙摆手道："您太抬举我了。"又转向林衍，"那姑娘身体既然好转，我也就没留她。谁知道，她走后，林先生您又回来找我，说是夫人不见了。我想人家模样也变了，又把您忘了，我也别多嘴了吧。于是就遂了您心愿，让您读了您带来的脑。如此，这些前尘旧事，也就都了无痕迹了。"

大约是人多的关系，屋里竟有些气闷。掌柜去开了一扇窗，舒爽而温柔的风卷进屋里，空气忽然变得清凉，让人的身心也松快起来。唯独林衍依旧阴沉着脸。穆嫣然看向他："怎么，这人的话里还有什么疏漏？"

林衍震惊地对上她的视线："你听不出来？"

穆嫣然道："有一两处。还是你先说吧。"

林衍大步走到车夫面前，倒吓了他一跳，慌慌张张地伸手抱住装'山料'的匣子，撇着嘴道："我哪儿说得不对，您说就是了，别，别动手啊。"

林衍哪管他演成什么可怜样，说道："你说的我都不信。我只问你一样，你为什么能讲出这些故事来？"

车夫眨眨眼："啊？"

林衍道："你刚刚说的故事里头，有两人先后在你的住处读脑。而人融合了脑，就会参悟。参悟之时，所在之国时空逆转，人人忘却过往。所以，你为什么能够记得所有的事情？"

穆嫣然笑道："我正想问这一条。"

车夫闻言，反倒收起畏缩的神气，松开手，把木匣放在一旁，又缓缓起身，对林衍道："先生的问题很好回答，我以为赌脑之前，庄家会同您说的。"

穆嫣然问掌柜："哦？庄家说过吗？"

掌柜忙道："是我没同您二位说明白。我先前说，人融合脑之后，倘若有所参悟，时空就会逆转——但并不是所有人，读了脑都会参悟啊！不然还有什么好赌的呢？这乱世里每天都会死许多人，只要是颗头，拿回家去就行了！"

车夫道："正是如此。这对夫妻虽分别读了脑，然而都没有参悟，只是各自多了些记忆，又丢了些记忆。再者，小姐身为城主，也应当知道，近几年异国的时空风平浪静，没有什么动荡发生。"

穆嫣然道："确实。"又问林衍，"你还有什么问题？"

林衍道："如果我和那个姑娘没有参悟，那么你，一个老赌徒，怎么也没有参悟？你从前在异国坐拥头颅冷库，如今却进城拉车，能输成这样子，恐怕也赌过好几次脑了。你方才说读了这些脑的人不一定参悟，但一定会改变记忆。所以你说的话，又有几分可信？"

穆嫣然颔首："这一条更有道理。"

车夫看了看林衍，一时竟撑不住面上的一团和气，垮下脸，飞快地说道："没错，我是个老赌徒！可我赌来的脑，不是给自己用的——还有给你的呢！"

林衍瞠目道："给我？"想了想，又问，"你是说异国的那一颗头？是你——塞给我一个头，让我忘记我的妻子？"

车夫被他这问话气得直跳脚，喝道："当然不是！我怎么会给你那颗头——是在坎国！你在那里问我要的头！"

穆嫣然也被车夫绕晕了，问道："林公子几时又去坎国了？你为什么会把赌来的脑送给他？"

车夫却不答。他背着手弓着腰走到门口，又绕回来，骂骂咧咧道："我输光了半生心血，就是为了给你找头，到头来就得了这么句话！我图什么啊！"说完一口把杯中茶水牛饮而尽，坐下喘息几声，忽然那卑微的笑又挂到脸上来了。他先哈着腰对林衍拱了拱手，道："得罪了，得罪了，我有些癔症，许久没发作，不是冲着您来的。"又对穆嫣然道："方才可吓到小姐了？"

穆嫣然淡然道："无妨。"

车夫从怀中掏出一条破手帕，擦了擦头上的汗，又道："咱们说到哪儿了？"

穆嫣然道："坎国。"

车夫缓缓道："对，就是坎国。这地方小姐您大概没去过，在城北边的湖里，人都住在船上。无根无基，漂浮不定……"他说着，又转向林衍，"有人从坎国辗转到异国，给了我一笔钱财，说他家主人请我去那边，我也没想到会是林先生您。"

穆嫣然笑道："又是林衍？"

车夫道："可不是吗？"又对林衍说，"您在坎国住的那艘船，简直同城主的宅子一样气派，甲板之上是亭台楼阁，还填了土做成园子。我去的时候，红杏开了满园，透过厅堂的窗户看出去，就跟飘在火烧云里似的。您说，您在坎国成就了一番事业，但却忘记了自己是谁，只记得当初读了脑，在我那小屋子里醒来，看见满屋的金属零件；又说，您因为不知道过去，所以看不到未来，眼前有再多的东西，都唯恐转瞬即逝，变为过眼烟云。这样的无明之苦，真是太可怕了。您试着用无尽的贪婪，来填补心中无底的痛苦，却始终觉得自己还是缺了点什么，想要补回来。

"您问我，有没有什么办法，能找回您的过去。您不在乎钱，只想找回内心的安宁。

"偏巧我知道有颗头，能治您这心病。我回城之后，才听闻那头在庄家这里，就来同他讨。谁知这老鬼一听说是给您找头，就开出天价来。我最后那点儿家底，就是为着您这'内心的安宁'，才败光的。"

车夫说着又摇了摇头，垂首坐在那山料侧旁，肩膀佝偻着，显得更疲惫了："您要还觉得我在说谎，我也没办法证明自己。您乐意怎么想，就怎么想吧。"

穆嫣然不等林衍开口，说道："这次不用林公子问，我也有不明白的地方。"

车夫道："小姐请讲。"

穆嫣然道："他既然在坎国那么富有，为何这赌脑的钱，又要你来出呢？"

车夫对她的疑问却十分有耐心，仔细回答道："我原先以为那头早已遗失，所以并没有立刻答应林先生的请求，自然也就没有问他要定金。后来我进到城里，才从庄家这边得到消息。再返回坎国时，又到了旱季，许多水面干涸，航路都断了。我想着庄家开赌局的日子就在眼前，再去找他定要误事，才不得不变卖家产。谁知还是不够，只缺一小点儿，就只好进城来做车夫了。"

"所以，"穆嫣然双目炯炯，"你今日买的这'山料'，是要拿去给坎国的那一个'林衍'？"

车夫闻言，下意识地把一只手放在木匣上，嗫嚅道："这……这可未必。"

林衍道："倘若坎国的事情是真的，我还真是要多谢你！可你上午遇见我的时候，为什么只是把我送到茶馆，没告诉我这些事儿？"

车夫答道："您早上显然不认识我啊！您如果都不记得，我同您说又有什么用呢？"说着，接过掌柜递来的茶杯，喝了口水润润喉咙，忽然又放下杯子，盯着林衍道，"照这么说，我到现在还不清楚——您究竟是我认识的哪一个林衍？您是从巽国来，还是从坎国来？"

林衍没料到他会这么问，怔了怔才答："我从震国来。"

车夫"咦"了一声，自言自语道："这就怪了……你为什么会去震国？"

穆嫣然对林衍道："正是。今日可是从审你开的头，几件事儿也都同你有关。你不如说说看，为何会到震国去吧。"

矛头一下子转到林衍身上。他无奈地摇了摇头，对穆嫣然道："姑娘还疑心我？"

穆嫣然浅笑道："我方才说了，我年轻，却不糊涂。你只有说出来，我才好裁决。"

林衍道："好，那我也不瞒诸位。我恐怕确实是读过脑的，我醒来的时候，就是在震国。直到现在，我都对自己的过往一无所知。"

车夫问："之前的事情都不记得了？"

林衍道："不记得。"

车夫道："那只能说是震国有人参悟，致使时空逆转。至于这读脑的人，却不一定是你。"

林衍恍然道："你这么一说……也确有这个可能。彼时我醒来之后，发觉自己在闹市中的一家旅店里。我走出房门，在过道里遇见一名店员，我与他对视良久，后来他看了看自己手中的扫帚，便继续去打扫了。我又走到街市上，见很多人正从家中出来，虽然都是一副不明所以的模样，然而不多时就回去了，并不混乱。"

穆嫣然问："为何会这样？如果人人都不记得自己是谁，那不该天下大乱吗？"

车夫在一旁解释道："会小乱，不会大乱。世事变化之时，总有些人反应更快一些，从而占到别人的便宜。然而，即便记忆消失，每个人自己的格局并不会变，懦弱的依旧懦弱，懒惰的依旧懒惰。大多数人一旦找到自己的位置，就会安稳地留在那个壳子里，不愿意再离开了。"

穆嫣然道："你这么说，这乱世倒更像是她所说的那样——"说着指了指女猎手，"被扰乱的是记忆，而不是时空了。"

掌柜闻言，笑道："这记忆之说只是一家之言。我认识几位高人，都猜度这世间的时空也乱了。毕竟，倘若时间还如治世那般永远向前，那么，人就不可能会遇见自己。"

穆嫣然"咦"了一声，想了想，又看向林衍，道："对啊，你是怎么遇到自己的？"

林衍嘴角略微抽动了下，道："我醒来没多久，他——就来找我了。"说完又背过身去，不肯看那台子上的头，许久才继续说道，"我初见此人，自然极为惊诧。他说自己名叫林衍，并说他就是几年后的我，因为他耳后多了一道读脑留下的疤痕。"

掌柜忙绕到那头侧旁去看，又对穆嫣然点了点头。林衍继续说道："他说他从坎国来到震国，是为了参悟。他融合第一颗头时，得到了许多无用的记忆，令他十分厌烦。然而，读第二颗头时，却感到心头有一种巨大的甜蜜，仿佛骤然理解了自己一生的使命。醒来之后，一切又恢复往常，唯一的区别是，他没有像震国其他的人那样忘却过去。"

车夫听完他这些话，接着说道："这确确实实是参悟了，可见致使震国时空逆转的人，是这一个林衍。"

林衍忙问道："如果是参悟，为什么他会告诉我说，他在醒来之后，更清楚、更具体地感受到了痛苦？"

车夫道："时空逆转之后，世人往往会更深地陷入眼前的琐事之中，愈发没有胆量超脱自我。而参悟的人，却因曾经饱尝'得道'那一瞬间的甜美，反倒会对现实更为警惕，甚至觉得现实的世界并不真实。"

女猎手冷哼一声："所以他就妄想着要进城参悟！"

林衍道："你又在胡诌！我从未听他说起过此事。"

女猎手道："是吗？那你后来有没有帮他做事？"

林衍略略迟疑了一下，才道："此人……确实很富有，然而我帮他，并不是为了让他进城赌脑。"

女猎手道："你果然是同他一伙的！"

穆嫣然忙问："你为他做了什么？"

林衍踌躇道："他说，他有一批货物要送到城中，让我帮他打点从震国到雷门的各处关节……"

女猎手笑着对穆嫣然道："现在，城主还觉得我在说谎吗？"

林衍忙道："穆姑娘！那货物我见过，绝不是她所说的那件事物。此人是商人，有货物要从震国送回坎国，经过城中也是寻常的事情。"

女猎手嘎嘎怪笑道：“是吗？那么证据呢？货物在哪里？”

林衍道：“我只负责打点送货的渠道，又不管送货，我怎么会知道在哪里？你先杀了人，又要来栽赃我？真是岂有此理！”

穆嫣然见这两人开始打起嘴仗来，忙道：“先不谈这些。林公子，你继续说。”

林衍深深吸了一口气，强忍住怒火，说道：“也没什么好说的了。我从雷门处回到震国市集，就见着他被人当街杀死，然后我一路追着头的踪迹进了城，摸进这茶馆来，誓要为他讨个公道！”

他说完，诸人都许久没有开口。外面不知何时下起了淅淅沥沥的小雨，忽而随着微风飘洒到屋里。林衍的那颗“头”，因在台子上摆得靠近窗户，竟有半边脸被雨水打湿了。掌柜发觉时，不由得打了个寒战，忙拖着步子去关上窗户，再回过头时，发觉所有人都盯着穆嫣然，等她开口。却听女猎手又道：“我，钟表匠，还有这姓林的，说的其实是同一个故事。城主可听明白了？”

此时，穆嫣然端坐在屋子正中，余下几人分立在她的左右。这情形倒真像是一城之主要对案件做出裁决的样子。穆嫣然十分镇定，不紧不慢道：“你们之中，有人在说谎。”

林衍忙道：“姑娘是明白人！这女人所说的‘城中无主’，是在挑战你身为‘完人’的威信啊！”

女猎手懒洋洋道：“林先生要往城里运的东西，是不是为了读脑？”

车夫叹道：“那死掉的林先生可是个老赌徒。人一旦开始赌，就很难停下来喽，而且通常，是会越赌越大的。”

掌柜道：“话虽如此，这些日子，城主确实一直是在城里的……”

女猎手愕然看向他：“什么？‘城中无主’这话，可是你说的。”

掌柜忙摆手道：“这句我真不记得。”

林衍哈哈一笑，道："说谎的人总会露出马脚的。"

穆嫣然起身道："够了！"几人都停下话头看向她。少女蹙着眉头道："我不管谁在说谎，你——"她凌厉的目光扫向女猎手，"未得到我的命令，出城去杀人，这件事儿总是有的。"

女猎手挺直身子，略带轻蔑地看向她："这就是你的结论？"

"对。"穆嫣然毫不迟疑地说道，"所以你必须死。而你——"她又看向林衍，"你今日必须出城，再也不许踏入城中一步！"

【第四幕　地坤】

（快板）

大雪纷飞。

两点整的"布谷"声响起时，屋中只有林衍一人。掌柜和车夫都随穆嫣然出去观刑。先头茶馆大门敞开的一刻，外面围了至少三十个机械人。这等阵势，倒让林衍一点都不想跟去看了。他只觉得精疲力竭，内心又无比安定。他想，猎手已死，这下自己安全了。

趁着左右无人，他换上早前进来时的衣衫。果然如老掌柜所言，不过是一时一刻的晴朗，就足以让湿掉的衣衫干透，只是皮鞋还有些潮气，但也可以忍受。穆嫣然回来的时候，便见他一身笔挺的洋服，不由得眼前一亮，笑道："果然人靠衣装。这样一打扮，倒显得沉稳了许多。"

林衍见她自刑场归来，却毫无惧色，忽而又忧心起来，勉强道："多谢。"

穆嫣然仿佛知道他在想什么,收了笑,肃然道:"你不必担心城中法度,我既然说了要那猎手死,她便一定会死。不过此人心性并不坏,我让庄家把她的脑存在水晶里,日后再寻有缘人送出去就是。"见他不语,又歪过头微微一笑,"难不成,你连我也信不过?"

林衍暗自松了一口气,忙道:"怎么会?!我只是在想,这一个山料又会为谁所得呢?"他见外面雪景极美,便去开窗。探进屋的杏花枝条上,竟有许多艳红的花蕾,上面凝了一层雪白的冰霜,毛茸茸的,煞是可爱。便招呼穆嫣然:"快来看!"

穆嫣然还裹着外袍,所以倒不惧寒冷。没想走过去时,脚下突然一滑,险些摔了一跤!还好她眼疾手快,扶住了旁侧的凳子。林衍忙凑过来,一手握住少女柔软冰凉的手,另一只手则扶在她的腰际。穆嫣然微微吃了一惊,仍笑道:"地上居然结冰了……是方才飘进来的雨吧。"说着站直了身子。林衍忙又松开手,心却怦怦直跳,胡乱道:"仿佛是层霜。"

两人各自站定,一时都没有开口。穆嫣然看向窗外,轻声道:"我不许你再进城——你不会怨我吧?"

林衍道:"我没能自证清白,所以你做出这个决定是正常的。我只是很伤感,恐怕今后再也无法见到你了。"

穆嫣然眨了眨眼睛:"为什么?——啊,你不能再进城来了。"

林衍沉声道:"而你不能出城。"

穆嫣然黯然道:"确实。我们再也见不了面了。"她顿了顿,又道:"我好像都没有什么朋友。"

林衍问道:"怎么会呢?"

穆嫣然道:"同我一起长大的伙伴,都去别的国家了,就算偶尔回城里来,大多也把我忘记了。"

林衍唏嘘道:"所谓聚散无常,在城外的我们其实体会更深。人与人之间，今日还是相熟的，明日或许就彼此忘却，渐行渐远了。姑娘起码还知道自己曾经有朋友，而我，只能看到现在你在我身边。"

风吹雪落。穆嫣然打了个寒战，便要去关窗。林衍忙跟过去，却见她驻足于窗口，向外望去。近处红杏似火，远处浓云翻滚如海。阳光被无边无际的云朵遮住了，偶有几束从缝隙中透下来，金丝般直坠到地面，像是天上的神明在借此洞察世间。正当此时，大地忽然震颤了一下。穆嫣然面色微变，向窗外探出手去，一只灰喜鹊"喳喳"叫着落在她的肩头。它抖了抖翅膀，将口中衔着的一枚金丸放入她的手中。穆嫣然两指轻轻一捏，那金丸登时化为粉末，随风飘散。

"是異国。"

林衍一时没听懂她在说什么。穆嫣然回过身，又看着林衍，蹙眉道："異国有人参悟——时空逆转了。"

林衍忙问："所以你要做什么？"

穆嫣然稍稍抬了下手，那喜鹊便又扑棱着翅膀飞走了。她说道："只是觉得有点巧。我们才在说異国这些年都没什么风波，忽然就又变了。"她说着关上窗，回到房间中央，自顾自斟了茶，捧起杯子，似是在暖手，一副若有所思的模样。林衍远远看着她，半晌，才低声问道："你就不想出城去看看吗？"

穆嫣然答道："想啊。方才我一边听你们说话，一边在想——坎国水上的人家是什么样，異国大漠中的小屋是什么样，还有震国……"她看着林衍，"你别说，让我来猜。震国的市集，一定很热闹，有很多很多人，对不对？"说完又十分失望，低叹道，"我真想去看看。"

林衍定定地看着她，说道："如果这些地方你我能够同去，该多好。"

穆嫣然摇头道："城主若不在城中，这里便会法度尽失，人人皆可在此作乱。"

159

林衍道："我知道。但你从此却会失去自由——这样的代价，真的值得吗？"

穆嫣然微微一怔，本能地答道："我不知道。"再细想时，竟愈发不甘心。那一点点不安分，仿佛燎原之火，从心底窜到四肢百骸。她抿了口茶定定神，转而问道："所以你出城之后，会去哪里？"

林衍道："应该不会回震国——大约是异国吧。"

穆嫣然忽而掩口笑道："去见你的妻子？"

林衍一怔："我的妻子？"

穆嫣然浅笑："异国时空逆转，一切重新来过。你去了异国，说不定就会遇见她呢。"

林衍断然回道："我不信那个故事。"

穆嫣然道："你一定信，不然你为何要去那儿？"

林衍想了想，才道："就算……就算那故事是真的，我现在也不记得这女子，不知她究竟是在未来还是过去。所以我去异国，也不会是为了她——"说着又略略放轻了声音，"我只是想印证一下车夫的话。倘若能找到钟表匠的房子，我也算知道了自己是谁。"

穆嫣然闻言，却有些失望。她放下杯子，道："你还是只想着你自己。"

林衍忙道："我更想来城中找你。"

穆嫣然丝毫不为所动，淡淡道："这就不必了，你还是别再进城了，我怕你要在城中参悟。"

林衍道："我不会那么做。我只是想时常见到你。"

穆嫣然微微一哂，道："见了我又如何？"说完看了看那西洋钟，"不早了，你该走了。"

两人正说着，门又开了。外面的雪早停了，独留下阴云密布，但天地间却是透亮的，一眼能望出去好远。掌柜裹着外面的寒气，拎了个黑绸裹着的匣子，拖着步子走进屋里。他看见穆嫣然，忙把匣子放下，点了点头算是行礼。

穆嫣然问："事情都办好了？"

掌柜指了指那匣子，答道："就是这个'山料'。"

穆嫣然颔首道："很好。她后来又说什么了？"

掌柜看了看林衍，欲言又止。穆嫣然道："你说就是。"

掌柜这才说道："她对我说，她去震国杀那人，着实不值得。如今城中也没有了公道，不如让一切涅槃重生。若有来生，她一定要进城参悟，颠倒乾坤。"

穆嫣然嗤笑道："痴心妄想。"说罢看了看林衍，又对掌柜道，"林公子正要出城去呢。"

掌柜这才挤出一个笑来："今儿还没怎么招待先生呢……让您空手而归，真是对不住。"

不等林衍答，穆嫣然先道："怎么会空手？让他把他自己的头拿走。"说着，便指向台子上那颗被女猎手收来的头颅。其余二人闻言，都愕然无语。穆嫣然见他们不答话，便又问掌柜："庄家是舍不得吗？这算是不义之财吧？"

掌柜忙道："怎么会舍不得？！本来就是林先生的头，理应让他带走——我这就去帮他包起来。"说完一通忙乱，从屋角翻出个匣子，把那头放入其中，再扣上机关，送到林衍面前。而林衍只要一见自己这颗头，便会方寸大乱，竟没有拒绝，迷迷糊糊接了过去，还道了声谢。掌柜一路将林衍引至门外，招呼车夫道："送林公子去——"说着探头回来，看了看穆嫣然，见她比了个手势，才继续道，"去风门。"

这风门正是通向异国的城门。车夫连声答应，把空鸟笼往车头上一挂，用袖子把椅面擦了擦，便请林衍上车。林衍把匣子往内里一放，松开手，才想起自己几乎挑明了问穆嫣然，她却毫无回应，简直无情之至。此时再往茶馆大门处看时，更连她人都没看到。再想到与她分别之时，连句"再会"也没有，一时又是失落，又是怨恨。天上的云渐渐散开了，又起了风，一时竟冷得刺骨了。车夫耐不住寒气，把手往袖子里一缩，再隔着袖口的布料握住车把，如此拉起车便走了。

掌柜见两人远去，才合上门。他回过身，一边搓手，一边对穆嫣然道："这屋里也这么冷！可别冻着了小娘子。"就要去生火。穆嫣然倒不大在意，道："冷不了多久的。"

果然屋顶上风扇渐渐转得慢了。不多时，阳光也从窗口洒进来，四下里很快便暖和起来。穆嫣然不愿再久留，问掌柜："别的买家都走了，你给这'籽料'开个价钱吧。"

掌柜挠了挠头，讪笑道："这城都是您的，您只管看着给吧。"

穆嫣然道："我总不能比车夫给得少。"想了想，褪下手腕上的翡翠镯子，递给掌柜，"此物我向来不离身，今日便给你了，连着方才给林公子的那颗头一起算，也没亏待了你。"

掌柜定睛一看，见那镯子通体碧绿，水头极佳，显然价值不菲，遂一边喜笑颜开，一边摆手道："呀，这也太贵重了，我哪里敢收！"

穆嫣然把镯子往桌上一放，道："你收着就是了。林公子不知道你这家店的门道，我还能不知道吗？每一颗头的来龙去脉，你心里都跟明镜似的，无非是不能告诉我们罢了。你今日给我的这颗头，一定是千挑万选过才拿到我面前的，值这个价钱。"

掌柜闻言，却收起笑，不去拿那镯子，反而问道："脑子里的东西值多少钱，小娘子还得给我个评判的准则才是。不然我哪里敢收呢？"

穆嫣然道："能让人参悟的，自然就是好了。"看了看他，又笑道，

"我知道是要赌的。不然这样，若是我参悟了，这镯子就归你；若是没有，我再来问你要，换一样别的东西给你，如何？"

掌柜道："小娘子这是拿我取乐呢。您又不能出城，根本不会去读脑，这镯子不就归我了吗？"

穆嫣然莞尔笑道："谁告诉你我不会读？不然我今日又为何要来赌脑？"说着坐在长凳上，翘起脚道，"我说不出城，那是吓唬别人呢。我要出去，自然得是悄悄的，还能满世界宣扬吗？"

掌柜惊道："您要出去——城中岂不是没了主人？这，这不全乱套了？"

穆嫣然道："早前的城主墨守成规，那是他们胆子小。方才你也听到了，这世界这么大，我为何要把自己困在这四方天里？再说，知晓世界的模样，不也应当是我身为城主的职责吗？不过是出去一趟，几日工夫罢了，能有什么事情？"

掌柜颤声道："当然有事情！那女猎手虽然死了，但方才异国时空逆转，却难说时间究竟会退回到哪一刻。倘若倒退得不久，正是她还在异国的时候……"

穆嫣然恍然道："就会有另一名女猎手——去震国追杀林衍？"

掌柜却没料到她往这里想了，怔了怔才道："确实。"

穆嫣然起身道："这林衍方才还一脸得意，以为他改变了自己的命运呢。"走了两步，愈发不安，"不行，我得去警告他。"说完就往门外走。

掌柜急急追过去，道："小娘子，我要说的不是这个……"

却见穆嫣然打开门，吩咐近处的一个机械人："你去异国，找林衍，告诉他不要去震国。"

那机械人木愣愣地，仿佛没有听懂。穆嫣然极不耐烦，把手往它头上一敲："记住这人的样子了吗？若是没找到，就不要回城了！"

机械人微微一震，才答了声"是"。穆嫣然这边关上门，掌柜又跟着劝道："小娘子万万不能这样冒险啊。您记得那女猎手说过的话吗——城中无主！"

穆嫣然道："我近来都在城中。这是她编的谎话。"她松了口气，又对掌柜道，"你放心，我会尽快回来的。"

掌柜道："您要是出城读了脑，指不定都会忘了自己是谁呢！哪里还能记得回来——咱们可不敢赌这么大啊！"

穆嫣然眼睛一亮，道："你说得对——这才是赌。钱财不是赌，命运才是赌。"说完竟愈发兴奋起来，又对掌柜道："庄家当初选赌脑这个行当，也是觉出这里面的趣味吧？看着他人因你而变，世界因你而陷入轮回，这种主宰命运的感觉，又有几人能体会到呢？"

掌柜哭丧着脸道："我能改变什么啊？我什么都改变不了！"

穆嫣然道："你不必自谦，也不必再劝我。我既已下定决心，就一定会去。如今这城中一潭死水，城外颠三倒四，这乱世的模样也不能更坏了。倒不如赌上一切，看看是否能有所改变。若我能参悟，说不定就能找到法子，让这个世界回归治世！"她说着，走到籽料面前，深深地看着那颗头，"而一切变革的源头，就是它了。"

掌柜道："您——真的要读这颗脑？"

穆嫣然道："对。"

掌柜几乎语无伦次，道："可，可这个籽料，就是存了对林——"

他话未说完，门却嘎吱一声开了。车夫佝偻着肩膀，探进头来："呀，您二位还在呢！"

掌柜却像是一下子失去了勇气，颓然道："可不是吗。您……把林先生送去风门了？"

车夫擦着汗走进屋内，道："送去了，眼见他出城。没想到跑了一大圈回来，你们还在这里。"

穆嫣然道："你腿脚确实快。林衍离开之前，可还说了什么？"

"没什么。"车夫看了看她，又笑道，"小姐十分关心此人，难不成是喜欢他？"

穆嫣然一怔，蹙眉道："怎么会？此人先亢后卑，满口仁义，却又贪婪无情，实在俗不可耐。只可惜了那张好面皮——城外的人都是他这样的吗？"

车夫搓手道："不都是，但也确实不少。"他看了一眼桌上的镯子，又道，"真不愧是咱们的小姐，出手大方。"边说边对掌柜挤了挤眼，"你这次可满意了吧？"

掌柜叹道："我宁可不要这镯子。"

车夫讶然道："当真？"

掌柜却不接他的话，问车夫道："您回来做什么？"

车夫道："我那'山料'还没拿呢。"说着走到屋角，拎起那个黑绸包着的匣子。穆嫣然见了，便对掌柜道："把我那'籽料'也包起来吧，我这就要走了。"

掌柜听了她的吩咐，才极不情愿地走到那台子前面，慢吞吞地竖起匣子四壁。这边车夫又凑到穆嫣然身边，笑问："小姐是要收藏这头——"看了看她神色，"还是要出城去读取脑中的信息呢？"

穆嫣然淡淡道："这与你有什么关系？"

车夫忙道："自然是无关。然而……"旁侧掌柜咳嗽了一声，车夫却像是没听到，继续说道，"然而要说到读脑，我还是觉得最久远的那些技术更好。您知道吗？我异国那屋子里藏了一本笔记，是早年人们还记得'治世'模样的时候，从云上读出来的。"

穆嫣然沉吟道："你是说，我要是想读脑，就应当去你的钟表铺子？"

车夫道："嗨，您不知道，外面有些人啊，说是有手艺，其实都是假的、骗人的！您要是把自己交给他们，那可就太危险了。"

穆嫣然颔首道："从那女猎手身上，确实能看出你有几分真本领。"忽而又问，"你那笔记里，可说过云是什么样子的吗？"

车夫一拍大腿："哎哟，您可问到点儿上了！里面真写了！"

穆嫣然一下子有了兴致，问道："怎么说？"

车夫摇头晃脑地说道："这云吧，不可见也不可触，偏偏藏了世间的一切知识。"

穆嫣然愈发感兴趣："真的？怎么藏的？藏在哪里？"

车夫道："说原先有两个云。头一个在天上，早年人们给它起名字，管它叫'乾'，它是源于一种叫'互联网'的技术，人们通过机械，就能在互联网上面交流，也能从世界上任何一个地方，把自己的所思所想写到云里，让其他人去读。然而乱世之后，人们忘记了如何才能进入'乾'，故而只知道这世间曾有个互联网，却不知如何读取其中的信息。这第二个云，就更有意思了，叫作'坤'，它的源头，是'脑联网'……"

穆嫣然惊道："脑联网？我听人说过这个。"

车夫道："您见多识广，我就不卖弄了。"

穆嫣然忙道："你说，你说，我想听！"

车夫便继续说道："这脑联网在地上，它把所有人的大脑相互连通，让人们不用语言就可以彼此沟通。'坤'储存了人们所有的记忆，甚至那些无法用语言表达的情感也在其中——他们消灭了无知，也消灭了孤独。人们进入这一个云之后，沟通理解再无障碍，这是真正的世界大同！"

穆嫣然点头道："这才是治世的气象。"

车夫却不认同她的话，说道："您这话就错了。引起乱世的，就是这个脑联网。"

穆嫣然问："此话何解？"

车夫道："'坤'虽有种种好处，却让人们在认知自己真实世界里的身体时，有了严重的障碍。他们搞不清楚自己是谁，拒绝承认某一个身体是属于自己的，使得许多老人和穷人都饿死街头——"

穆嫣然问："这是为什么？"

车夫道："因为即便他们的肉体死去，精神却依然在'坤'中活着，甚至可以去争夺那些年轻的身体。然而'坤'再强大，也需要真实世界里的人类大脑作为'脑联网'成长更新的基础，如果人再这样大批死去，整个世界就都要消亡。"

穆嫣然沉吟道："这些古人聪明到能建立乾坤——就没人想个法子来解决这些问题吗？"

车夫道："这问题出来的时候，人人都已是脑联网的一部分，早就难分彼此了。故而他们找到的解决之道，就是打断人们的记忆，让生活变成只有此刻的片段，不知过往，不辨未来，单单活在当下。"

穆嫣然怔怔重复道："当下？"

车夫道："正是。而一旦有人明白自己身处于脑联网之中，就会导致所有人的记忆被清空——"

穆嫣然眨眨眼，迷茫地看向他："你是说，所谓参悟——就是一个人看清楚脑联网的整体，明白自己是其中的一部分？"走了两步，又道，"而时空逆转——就是这脑联网为了生存下去，而对人类个体采取的制约手段？"

车夫竖起大拇指，道："您说的这两句，比那笔记上写得还要高明。"

另一边，掌柜终于把装着籽料的匣子扣上，对车夫没好气道："你同小娘子说这些玄而又玄的鬼话，是要哄骗她去你异国那破屋子里读脑吗？"

车夫忙道："这是怎么说的！小姐就算去了，我也不在异国啊。"又指了指山料，"我是要去坎国！等那姓林的商人付了钱，我就能把自己的铺子赎回来喽。"

掌柜道："你何必舍近求远？异国刚刚才时空逆转，你直接去，你的铺子就还在那里呢。"

车夫笑道："那儿只有一栋房子，哪容得下两个我？我不如在坎国拿了钱，去震国再开一家钟表铺吧。"

这边掌柜终于把籽料包好，又寻了一块黄绸，照着先前那样，在匣子外面裹了一层布。这才恭恭敬敬地递给穆嫣然。穆嫣然接过去，险些没有拿稳，惊道："这么重！"

掌柜道："可不？这里面不只是一颗头——也是小娘子的未来啊！"

穆嫣然定了定神，握紧绸缎的端头："未来不过是出城的一个方向罢了。我想明白了，不管这世界的真相是什么，我都要自己去看看。我的未来，我来选择，我也会对自己负责。"

掌柜叹了口气，从袖中掏出核桃，慢悠悠地盘了起来。穆嫣然对二人略一施礼，说了声"告辞"，便拎着'籽料'走出屋去。只见门外晴空万里，竟连半片云都看不到了。她微微一笑，自语道："好兆头！"说着又钻进一架机械轿子里，携着众机械人浩浩荡荡地走了。这一行人的履带铁足踏过之处，扬起些微的沙尘，就像是在天上拖了个模糊的影子。掌柜与车夫在门口远远看着，末了各自叹了一口气，又对视一眼。掌柜问车夫："你为什么叹气？"

车夫弓着腰，就近捡了把椅子坐下，说道："你怎么能给她那颗头啊……"

掌柜把两只核桃捏在手心里："什么头？"

车夫摇头道："这'籽料'是我给你的，那匣子上的字还是我写的呢！——这里面，藏了她对林衍的爱恋！如果她不是去异国读了这颗头，一切也未必会变成今天这样。你还说我为了钱作恶，你自己为了钱，又做了什么啊？"

掌柜警惕地看着他，低声问道："你什么时候知道的？"

车夫一怔，才又笑道："我又不是瞎子，她现在的模样，同当年第一次来找我的时候一模一样，我自然是一进这屋子就知道了啊。"

掌柜还不肯认，撇嘴道："你知道什么？你什么都不知道！"

车夫看了他一眼："我不知道？这穆嫣然就是林衍在异国的妻子——也就是女猎手身上那半个女人。她现在出城去异国，不就是让一切回到原点了吗？"

掌柜没想他大咧咧地说了出来，惊得眼睛都瞪圆了，先用食指压在嘴唇上，摆了个"嘘"的口型，又到门口去看了看，这才走了一圈转回来，低声对车夫道："这话是能说出来的？！"

车夫道："你做得出来，我怎么就说不出来？当初我帮她读脑的时候，可不知道这些前因后果——你就不能提醒她一下吗？"

掌柜继续盘着那对核桃，悠悠道："我怎么告诉她？你我这一辈子兜兜转转，也是到今日，才算把这因果看明白了。我现在告诉她，她既听不懂，也不会信啊！"

车夫道："你看明白了？恐怕你才是什么都不知道。"

掌柜道："您是高人，我向来都只有听您说话的份儿。"

车夫转过脸："你要是讥讽我，我就不说了。"

掌柜一揖到地，正色道："我是正经跟您请教呢！"

车夫这才说道："方才我同穆小姐说了脑联网，时空向来是一体的，你就没再想想我们这座城吗？"

掌柜疑道："城？"

车夫道："东雨西雪，南夏北冬，世间哪里有这样的地方？这里是大千世界的剪影啊！"

掌柜微微一凛："你是说——这座城，其实就是——"

车夫却不再回答，拎了匣子，起身缓缓走向大门，背着身子道："你做了一辈子的庄家，还不明白吗？真正的参悟，根本就不需要赌脑。"

大门开关之间，掌柜被外面的炎炎烈日晃了一脸金光。待再暗下来时，他颇等了一会儿，才看清周遭的模样。如今这茶馆只余他一人，四下里空落落的，仿佛什么都没有发生过。西洋钟敲响了三点，鸟骨架探出来，白得瘆人。他忽然觉得有什么不对，走了几圈，视线终于落在了地上的"山料"上——

这是哪一个"山料"？

他把核桃放在桌子上，走过去把那黑绸拆开，里面锋骨毕露的是"山料甲"的字样，激得他汗毛倒竖——车夫拿错了！他拿走的，是女猎手的头！是那个在死前要"颠倒乾坤"的人！掌柜再急慌慌出门去看时，哪里还能见到车夫的影子？他清楚自己的腿脚，根本追不上车夫，便无奈地回到屋中。又忽然想到——

难不成，这颗头，车夫是要拿给坎国的林衍？

"颠倒乾坤，颠倒乾坤……"掌柜喃喃自语。所以没有人说谎——穆嫣然去异国，读了藏有爱恋的"籽料"，嫁给了林衍。她病倒之后，被林衍抛弃，决心抛弃情感，与机械人融合，变成了女猎手。而她丢弃的爱，又被钟表匠存到了病人脑中，变成"籽料"。林衍得了机械人的警告，知道不能去震国，却与穆嫣然擦肩而过，在异国的钟表匠那里读了自己的头。他忘记过往一切，去了坎国经商。商人林衍得了车夫拿来的"山料"，从坎国一路摸到震国，在新的钟表铺里读了"山料"中的记忆，却阴差阳错继承了女猎手的遗愿，要找机会去城中参悟，又在市集上被女猎手所杀！

真是因果循环，报应不爽——

外面忽然妖风四起，直吹得风扇呜呜哀鸣。天色骤暗，掌柜到窗边去看时，竟见太阳被一坨黑影遮住了，只留下一圈浅浅的金边。他活了一辈子，自以为在城中什么怪天气都见过，但这般奇景还是第一次见——"城中无主。"他低声道，这样的异象，定然是穆嫣然出城去了。她终究还是解开自己的桎梏，走出了这座围城。所以，如今只有一件事说不通了，这城里的时间，究竟是在何时乱了的？不然，女猎手早前为何能说出"城中无主"——

谁，在城中参悟了？

背后，门忽然"嘎吱"一声开了。掌柜吓了一跳，转身去看，却是一个机械人。它说："先生好。"

掌柜道："什么事？"

机械人说话极为缓慢，仿佛每一个字眼都需要用很久的时间来找寻。它说："先生，我想请教您一个问题。"

掌柜道："说吧。"

机械人道："我想知道，我与人类有什么区别？方才城主给我的记忆里，有一些情感，我无法理解。"

掌柜正心如乱麻，哪有心思回答他这问话，便道："我只懂人，不懂机械。"

机械人苦恼道："然而我想不通，先生得帮我。"

此物如此呆笨，掌柜实在不想同它周旋，忽而想起车夫来，便笑道："异国有位世外高人，或许能解开你的疑惑。"又告诉了它地址。机械人便道谢走了。

掌柜阖上门，收了笑。嘴角拎了一整日的皮肉，也终于如幕布般垂坠下来，堆在干瘦的两颊旁。窗外天色大亮。他怔怔坐下，再次陷入这一日层叠堆砌的话语迷宫中。当这故事再嵌套到世界的时空架构之中时，每一件事情都仿佛有了新的含义。然而，这些思虑对他这个年纪的人而言，实在太过沉重。不多时，他便昏沉起来，恍惚发觉房屋四壁往下坠落，屋顶掀开，风扇坠落，末了一切物质都沉入土中。地面变成一片冷光照射下的惨白，他知道自己梦到了茶馆地下的冷库。面前的架子排排展开，无边无际，里面是难以计数的⋯⋯

脑联网？

不，这不是脑联网，而是存放脑的地方。年迈的冷库看门人用大半辈子的闲暇时光，读了每一个脑中的资料，仿佛这些头是他真正的朋友。然后，科学家要用这些头来实验脑联网，而他却在临死前决定加入实验，同他们一起踏入这片广阔无边的云。

他变身为这乱世中的道标，为每一个迷途的人指路。他看着他们来来回回，去而复返。一切在冥冥中皆有定数，尚未开始的，其实早已结束。——却又未必。

照那车夫的话说，城外就是真实的世界，满是鲜活的人。每一个生灵加入脑联网，都会带来新的变数。他想起穆嫣然离开时坚定的目光，那里面饱含孩童的无知和勇敢，以及无限的可能。或许时间在循环，或许因果有关联。然而今日之果只对应今日之因，未来并非一成不变。

她踏出城门，会往何处去？——那就是明天的故事了。

掌柜想到此处，释然一笑。他睁开眼睛，起身把水壶摆在炉子上，披了件马褂，缩到屋角，沉沉睡去。

东方乌云蔽日，应是雷震将至。

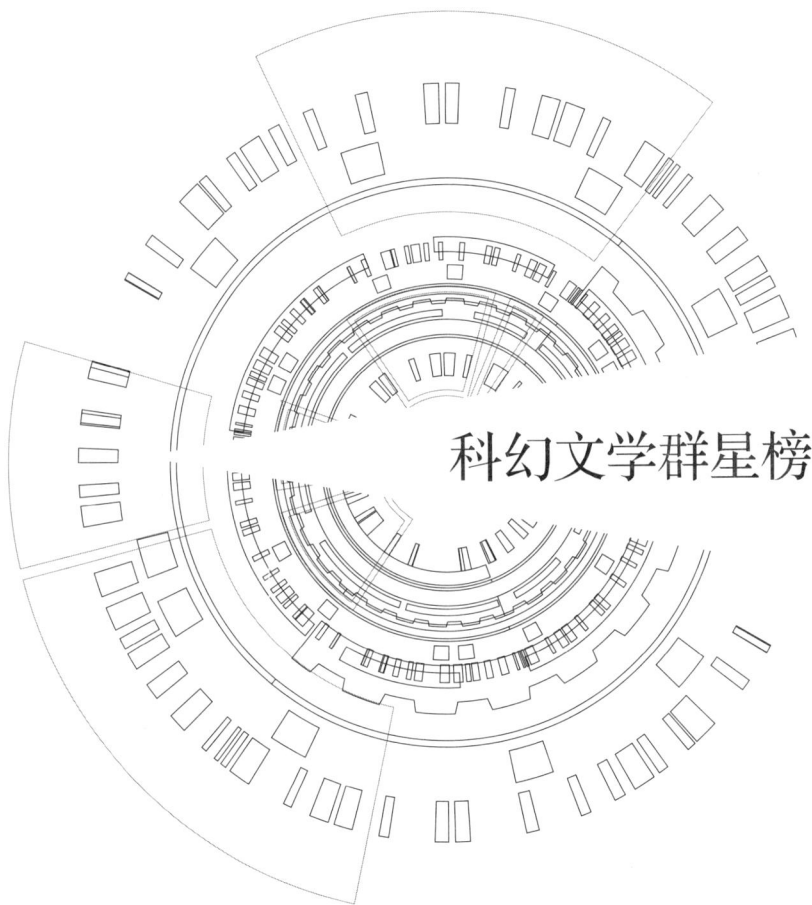

科幻文学群星榜

序号	作者	书名
1	郑文光	侏罗纪
2	萧建亨	梦
3	刘兴诗	美洲来的哥伦布
4	童恩正	在时间的铅幕后面
5	张静	K星寻父探险记
6	程嘉梓	古星图之谜
7	金涛	月光岛
8	王晋康	生死平衡
9	刘慈欣	纤维
10	潘家铮	子虚峡大坝兴亡记
11	韩松	青春的跌宕
12	星河	白令桥横
13	凌晨	猫
14	何夕	异域
15	杨鹏	校园三剑客
16	杨平	神经冒险
17	刘维佳	使命：拯救人类
18	潘海天	饿塔
19	拉拉	永不消逝的电波
20	赵海虹	月涌大江流
21	江波	自由战士
22	宝树	人人都爱查尔斯
23	罗隆翔	朕是猫
24	陈楸帆	动物观察者
25	张冉	灰城
26	梁清散	欢迎光临烤肉星
27	七月	撬动世界的人于此长眠
28	杨晚晴	天上的风
29	飞氘	讲故事的机器人
30	程婧波	第七种可能
31	万象峰年	点亮时间的人
32	长铗	674号公路
33	迟卉	蛹唱
34	顾适	为了生命的诗与远方
35	陈茜	量产超人
36	刘洋	单孔衍射
37	双翅目	智能的面具
38	石黑曜	仿生屋
39	阿缺	收割童年
40	王诺诺	故乡明
41	孙望路	重燃
42	滕野	回归原点